SALVAR EL AMOR

LIBRO UNO DEL MUNDO DE EDNA

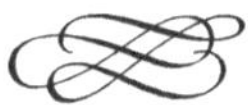

JENNAE VALE

Traducido por
L.M. GUTEZ

PRÓLOGO

*E*milie Toussaint sostenía la piedra rosada cerca de su corazón mientras contemplaba la luna ahora llena. Estaba sentada en la orilla del río Sena sin preocuparse por el hermoso vestido que llevaba. ¿Qué importaba si se ensuciaba con el barro o con el agua? Su vida estaba a punto de cambiar en un sentido que le causaba mucha tristeza y la había llevado a este lugar. Esta era su última y única esperanza.

Una semana atrás, le habían hablado de una mujer que posiblemente podría ayudarla con una poción o alguna otro símbolo que cambiaría su destino. Así que se dirigió desde el palacio al que llamaba hogar hacia un lugar al que nunca se le había permitido aventurarse en el pasado. Era aprensiva, pero su angustia la impulsó a avanzar por las oscuras calles de París hasta la destartalada casa de Madame DuBois. Llamó a la puerta y en un instante le indicaron que entrara.

A pesar de su aspecto exterior, el interior de la pequeña casa de campo estaba ordenado y limpio. Había macetas y viales ordenados en los estantes, y las flores y hierbas frescas estaban expuestas en tantas tazas y jarrones que Emilie supuso que no quedaba ninguno para cualquier otro uso.

—Buenas noches, Mademoiselle —Madame Dubois salió de detrás

de un buqué de flores especialmente grande. Era bajita y corpulenta, con una cara redonda y suave que parecía amable.

—Buenas noches —una sonrisa vacilante apareció en los labios de Emilie.

—No tengas miedo, querida. No te haré daño. Mi intención es solo hacer el bien. Miró a Emilie con un suave brillo en los ojos—. Especialmente para aquellos que me buscan. ¿Cómo puedo ayudarte?

—Me han dicho que podrías ayudarme con un problema —Emilie echó un vistazo nervioso a la habitación.

—Aquí. Siéntate. —Madame Dubois le indicó una silla colocada junto a una pequeña mesa redonda. Luego se sentó frente a Emilie—. Ahora, no puedo ayudarte si no me cuentas todo.

Emilie respiró hondo, exhalando y haciendo lo posible por relajarse antes de empezar a hablar.

—Hay un hombre con el que me voy a casar. Se llama Conde Matteo Barbieri —dudó, preguntándose si estaba cometiendo un error. ¿Era siquiera posible que esta mujer pudiera ayudarla? Emilie nunca había creído en las brujas ni en la magia, pero parecía que ésta era la única opción que le quedaba.

—¿Y no deseas casarte con él?

Emilie se aclaró la garganta y se enderezó en su silla. El cálido resplandor del fuego de la chimenea llenaba la habitación.

—No. Mi padre ha concertado el matrimonio. Y el hombre es mucho mayor que yo.

Madame Dubois asintió con la cabeza en señal de comprensión.

—Estoy enamorada de otro. Robert MacMillan me ha declarado su amor, pero ambos sabemos que el matrimonio es imposible para nosotros porque él es un soldado sin título. Él no es… adecuado para mí —las palabras eran amargas en su boca. Robert era el mejor hombre que había conocido. Cruzó las manos frente a ella sobre la superficie de la mesa e hizo lo posible por no inquietarse—. No sé qué hacer. Por eso estoy aquí.

—Nada es imposible —la voz de Madame DuBois era alta y fuerte, haciendo que Emilie se estremeciera. Pareciendo darse cuenta de que podía estar asustando a Emilie, adoptó un tono más suave—. ¿Desde cuándo conoces a este Robert? —Madame DuBois se levantó, sacó dos tazas y colocó una frente a Emilie antes de servirles a ambas algo irreconocible de un aguamanil de cerámica.

—¿Qué es esto? —preguntó Emilie, mirando el turbio líquido frente a ella.

—Una deliciosa bebida que preparo yo —afirmó con orgullo Madame Dubois—. Te ayudará a relajarte —levantó su taza—. Beberé primero para que sepas que no te hará daño —después de vaciarla, la colocó sobre la mesa—. Ahora tú —Madame DuBois hizo un gesto con la mano para que Emilie levantara la taza.

Emilie obedeció y se llevó la taza a los labios esperando algo amargo e imbebible. Gratamente sorprendida por el dulce líquido con sabor a limón que probó, Emilie también vació su taza.

—Gracias. Estaba muy bueno.

—Sí, lo sé. Ahora, ¿por dónde íbamos? —se golpeó la barbilla y luego inclinó la cabeza mientras miraba a Emilie—. Estábamos hablando de Robert.

Emilie dudó. No estaba acostumbrada a hablar con extraños, pero para conseguir la ayuda que necesitaba, tenía que confiar en Madame DuBois. Cerró los ojos, exhalando el aliento que había estado conteniendo.

—Lo conozco desde hace un año. Llegó a París para custodiar al joven rey.

—¿Lo conociste en el palacio?

—Soy parte de la corte. Una dama de compañía de María de Médici.

—Ya veo —si Madame DuBois estaba sorprendida por esta información, lo mantuvo oculto—. ¿Ella sabe lo que sientes por Robert?

—Lo sabe, pero está de acuerdo con mi padre en que no debo casarme con alguien inferior a mi posición. De hecho, ella ha ayudado a organizar el matrimonio. El Conde es de Italia y amigo de la familia de la Reina Madre.

Los ojos de Madame DuBois se abrieron de par en par con sorpresa.

—Eso ciertamente complica las cosas, ¿no es así?

Los efectos de la bebida se estaban haciendo evidentes para Emilie. Ya no estaba nerviosa y se sentía bastante cómoda hablando con Madame DuBois.

—No puedo casarme con él.

Un compasivo asentimiento de cabeza fue seguido de una triste sonrisa.

—Podemos hacer cualquier cosa, si es necesario.

El corazón de Emilie se hundió. No iba a conseguir su ayuda aquí.

—No luzcas tan triste. El hecho de que puedas no significa que lo harás —se rio suavemente mientras acariciaba la mano de Emilie—. Ahora, primero debo estar segura de que realmente amas a Robert.

—Oh, lo hago. Le amo mucho —sintió que el corazón se le iba a salir del pecho al pronunciar esas palabras. Nunca se había sentido así. Robert era lo único en lo que pensaba de la mañana a la noche.

—¿No te importaría ser la esposa de un soldado? No es fácil, sabes —Madame DuBois inclinó la cabeza y examinó el rostro de Emilie, tal vez en busca de alguna señal de vacilación en su decisión.

—No me importaría en absoluto. No me gusta la vida en la corte —arrugó la nariz al pensar en ello.

—Bueno, entonces haré lo posible por ayudarte. Te mereces la felicidad, y ya que has arriesgado tanto para venir a mí, te ayudaré en tu misión de amor. No hay garantías de que funcione. Mucho depende de ti.

—Haré lo que sea —Emilie juntó las manos en un gesto similar a una oración. La emoción burbujeaba en su interior mientras se inclinaba hacia delante en su silla preparada para sus instrucciones.

Madame DuBois se levantó una vez más. Esta vez se dirigió a los estantes llenos de frascos y viales. Emilie observó todos sus movimientos y se sorprendió cuando volvió con algo más que una botella. En su mano había una piedra rosada diferente a todo lo que Emilie había visto antes. Colocando la piedra en su palma, Emilie la examinó. La translucidez era intrigante para el ojo. Había una suavidad en ella a pesar de sus bordes ásperos, y el color era el más hermoso tono de rosa pálido. Levantó la mirada y vio que Madame DuBois le sonreía con orgullo.

—¿Qué voy a hacer con ella?

—Yo te lo diré —Madame DuBois cogió la mano de Emilie entre las suyas, animándola a rodear la piedra con sus dedos—. En la noche de la próxima luna llena, dentro de siete días, debes llevar esta piedra al río. Allí debes acercar la piedra a tu corazón y decirle a la luna lo que quieres. No seas vaga al hablar. Háblale a la luna sobre tu amor y tus deseos.

—¿La luna me escuchará?

—Por supuesto. Di tus deseos en voz alta y luego lanza la piedra al río. Ya he lanzado un hechizo sobre la piedra, lo que potenciará tus palabras cuando las pronuncies. Al terminar, debes agradecer a la luna. Esa parte es muy importante.

—¿Eso es todo lo que tengo que hacer? —Emilie se sentía un poco escéptica ante estas instrucciones.

—Sí.

—¿Y Robert y yo podremos casarnos?

—La luna te escuchará. No puedo garantizar el matrimonio, pero recibirás la ayuda que necesitas para encontrar la felicidad.

Emilie miró la piedra en su mano. Parecía brillar y resplandecer más a medida que la contemplaba.

—Gracias —metió la mano en su capa y de un bolsillo oculto sacó una bolsa de monedas para Madame DuBois.

—Gracias, Mademoiselle. No debes decirle a nadie dónde has estado. Comprenderás que sería peligroso para mí.

—No se lo diré a nadie. Lo prometo.

—He puesto un hechizo de protección sobre ti, así que puedes volver al palacio con seguridad. Que te vaya bien.

La semana había transcurrido más lentamente de lo que Emilie podría haber imaginado, y la fecha de sus próximas nupcias con el Conde Barbieri se vislumbraba cada vez más cerca. No había visto a Robert desde que había hablado con Madame DuBois. Había estado de viaje con el rey y Emilie se preguntaba si volvería a verlo. Contempló la luna mientras sostenía la piedra junto a su corazón y pronunciaba las palabras que había ensayado una y otra vez en su cabeza. Esta era su única oportunidad de cambiar lo que estaba a punto de ocurrir.

—Oh, hermosa luna, soy Emilie Toussaint, hija del Conde Toussaint. Vengo a pedirte ayuda. Estoy enamorada de Robert MacMillan y deseo casarme con él. ¿Podrías ayudarme? Estoy segura de que puedes hacerlo —incluso mientras decía las palabras, dudaba de ellas. Recordó lo que Madame DuBois le había dicho. Que debía estar segura de sus palabras, así que las repitió de nuevo, esta vez sin dudas y con más fuerza en su voz. Al terminar, dio las gracias a la luna y arrojó su ofrenda de la piedra rosada al río, cayendo sin problemas en las oscuras profundidades del agua.

Lo había hecho y ahora esperaría cualquier cosa que se le presentara.

CAPÍTULO 1

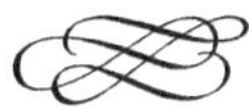

Lo que antes había sido una calle cerrada, oscura y espeluznante que conducía a las oficinas del Consejo de Brujas, ahora se llenaba de color. Las macetas llenas de flores en el alféizar de las ventanas adornaban las paredes de ladrillo que antes eran monótonas. Edna Campbell se había encargado de ello. ¿Por qué el único acceso a las oficinas del Consejo debía ser tan lúgubre como para ahuyentar a los clientes potenciales antes de que tuvieran la oportunidad de reunirse con las brujas? Sí, el sol parecía brillar más y el estrecho camino parecía más amplio mientras hacía el recorrido diario desde su piso hasta su nuevo trabajo en el Consejo de Brujas.

Edna se alisó la pañoleta y se quitó un mechón de pelo azul de la cara mientras tarareaba suavemente para sí misma. Estaba bastante satisfecha con sus recientes logros aquí en Edimburgo. Aparte de la calle, también había hecho algo de trabajo en la propia oficina. Las otras tres brujas, aunque eran muy buenas en lo que hacían, eran todo menos organizadas. Las oficinas habían sido tan monótonas como la calle. Edna se encargó de rehacerlo todo inmediatamente. Las paredes fueron pintadas con colores claros y brillantes y la iluminación superior daba una cálida bienvenida a los visitantes. La decoración fue actualizada, pero también se rindió homenaje a quienes las habían precedido, con retratos de brujas del pasado y del presente en los pasillos. Los espacios de trabajo, los escritorios y otras necesidades reflejaban el carácter único y la extravagancia de cada bruja.

En cuanto al hogar, ella y Angus se habían instalado en un pintoresco piso a la vuelta de la esquina. Ocupaban el primer y el segundo piso de un antiguo edificio de ladrillo que probablemente existía desde el año 1700. El primer piso estaba dedicado a una pequeña y moderna cocina y a una encantadora zona de estar con una hermosa chimenea. Edna tenía que tener una chimenea. Era la forma en que se comunicaba con todas las parejas pasadas y presentes que había unido en el amor. Se mantenía en contacto lo más a menudo posible, especialmente con su sobrina Maggie y su marido Dylan, quienes habían asumido las funciones de Edna como guardianes del puente y de la posada El Cardo y La Colmena. Estaban esperando gemelos en cualquier momento y Edna no podía estar más contenta por ellos. En la segunda planta había un gran dormitorio con una zona de estar junto al gran ventanal que daba a la calle. Una segunda chimenea los mantenía calientes en las noches frías. Angus era feliz allí, lo que hizo que la decisión de Edna de trabajar con el ayuntamiento fuera mucho más fácil.

—Soy feliz dondequiera que me lleves, mi amor —había dicho él cuando ella le había preguntado cómo se sentía con respecto a dejar la posada El Cardo y La Colmena y el pueblo de Glendaloch. Edna se consideraba una mujer muy afortunada por tener un hombre tan apuesto, valiente y cariñoso en su vida. Le gustaba decir que su superpoder era unir a la gente en el amor. Era su especialidad.

Al llegar a la puerta de las oficinas del consejo, Edna hizo malabares con las tazas y bolsas que llevaba para poder abrir la puerta, pero esa tarea era casi imposible. En su lugar, se centró en el pomo de la puerta y se concentró en girarlo utilizando sus poderes. Intentaba no utilizarlos para tonterías como ésta, pero lo último que quería hacer era dejar caer todas las golosinas que traía para compartir. La puerta se abrió enseguida y, mientras se dirigía al pasillo, se cerró de golpe tras ella, haciéndola saltar y casi perder todo lo que tanto le había costado proteger.

—Tendré que trabajar en eso —musitó antes de entrar en el despacho—. ¡Buenos días, señoras! He traído golosinas.

Mardella, Melusina y Daire se levantaron de sus asientos y se acercaron a ella, cogiendo cada una taza de té y un bollito caliente.

—Gracias, Edna. Le estaba diciendo a las demás el hambre que tenía esta mañana —Mardella dio un mordisco a su bollito y puso los ojos en blanco con evidente placer—. ¡Delicioso!

—Entonces he llegado justo a tiempo —dijo Edna, quitándose la pañoleta y colocándola sobre su silla antes de ponerse cómoda en su escritorio.

—Edna, tus deliciosos bocadillos matutinos son una exquisitez. Son como el sol en un día nublado —dijo Melusina.

Mardella y Daire gimieron ante el dicho usado excesivamente.

Sin embargo, Melusina no pareció ofenderse.

—Estos bollos están realmente deliciosos.

—Gracias, Melusina. Son mi especialidad —dijo Edna—. Cuando dirigía la posada en Glendaloch, se me agotaban todas las mañanas. Tuve que empezar a hacer más para que nadie se sintiera decepcionado.

—Ciertamente no estamos decepcionadas —dijo Mardella—. Podría comer otro si has traído más.

Edna metió la mano en su bolsa, sacó un recipiente y lo colocó sobre su mesa.

—Aquí hay muchos.

—Por casualidad no has traído mantequilla y miel esta mañana, ¿verdad?

Edna se rio y señaló el recipiente.

—No podría olvidarlas.

Mardella se levantó y se sirvió otro bollo, untándolo con mantequilla y miel.

—Edna, tengo noticias para ti —dijo Daire. La más alta de las tres brujas se alzaba sobre las otras dándole un aire de autoridad.

—¿Oh? —Edna dejó su bollo y se quitó las migas de los dedos.

Mardella y Melusina dejaron de comer y se giraron en sus asientos para escuchar lo que Daire tenía para decir.

—Sé que has estado deseando algo de emoción y estoy segura de que toda la redecoración ha sido divertida para ti, pero la verdadera razón por la que te necesitábamos aquí era por tu don —dio la vuelta detrás de su escritorio.

—Por supuesto —dijo Edna—. Todas tenemos el don.

—Así es. Sin embargo, tu don es el de casamentera —le recordó Daire. Cogió un papel de una montaña apilada junto a su ordenador.

—Amo emparejar parejas —respondió Edna. Se giró en su asiento para mirar de frente a Daire—. Sin embargo, tengo otros talentos.

—No estoy diciendo que no los tengas —Daire se aclaró la garganta—. Lo que intento decir es que hay una situación que necesita tus habilidades especiales —miró a Edna antes de continuar—. Tus habilidades como casamentera.

Edna inclinó la cabeza, esperando que fuera al grano.

—Hay una joven que necesita tu ayuda —interrumpió Melusina. Se acomodó el pelo rojo fuego sobre los hombros.

—¿De verdad? ¿Dónde están? —Edna miró de una bruja a otra, deseando que una de ellas fuera al grano. La paciencia era una habilidad en la que Edna tenía que trabajar, especialmente cuando trataba con sus compañeras de trabajo.

—Ella vive en el pasado. Para ayudarla, tendrás que viajar en el tiempo —dijo Mardella antes de dar otro mordisco a su bollo.

—Contadme más —la curiosidad de Edna se despertó.

—Bueno, parece que ella ha tenido un problema que la ha apartado del hombre que ama. Es una situación que debe ser resuelta. Hemos recibido un mensaje urgente de la muchacha. Ha pedido un deseo a la luna llena, guiada por uno de nuestras compañera que vive en París.

—Si tenemos un miembro allí, ¿por qué necesitáis mi ayuda? —preguntó Edna.

—Ella no es tan capaz como tú —dijo Melusina, pareciendo frustrada por la interrupción.

Edna sabía que era buena en lo que hacía, pero era agradable escuchar que una bruja a la que admiraba lo reconociera.

—Ya veo. ¿Cuándo queréis que me vaya?

—Hoy. Cuanto antes, mejor. Puedes llevar a Angus contigo. Puede que necesites su protección —Daire miró el papel en su mano.

Edna estaba sorprendida y emocionada. Por fin, un trabajo fuera de la oficina. No creía necesitar protección, pero sería bueno tener a Angus allí con ella. Odiaba estar separada de él.

—¿A dónde y a qué época iré exactamente?

—Irás a París. El año es 1614. El muchacho es Robert MacMillan. Es un guardia escocés del joven rey Luis XIII. La madre de Luis, María de Médici, es su regente hasta que él alcance la mayoría de edad —miró a Edna, quien asintió para mostrar que estaba escuchando—. La muchacha, Emilie Toussaint, es francesa. Es una dama de compañía de María. Pertenece a una familia noble. Su padre es el Conde Toussaint —Melusina se detuvo y dio la vuelta al papel como si buscara algo más, pero al no encontrar nada, lo volvió a dejar sobre su escritorio—. Conocerás los detalles cuando llegues. El objetivo es hacer realidad su deseo de vivir con Robert MacMillan.

—Lo único que me importa mientras trabajo es el amor. Sabemos que ella lo ama, pero ¿él la ama?

—Yo creo que sí, pero han estado separados, como he dicho —Melusina partió un trocito de su bollo y lo examinó antes de llevárselo a la boca.

Edna asintió con la cabeza.

—Entonces volverán a estar juntos. Me encargaré de ello.

—No esperamos menos de ti, Edna.

—Entonces, vete. Ve a casa, busca a Angus y reúnete con nosotras aquí esta tarde. Nos encargaremos de que llegues al lugar donde debes estar—dijo Daire.

Edna dejó su bollo y su té sin comer mientras cogía su chal y se apresuraba a atravesar la puerta. Esto era lo que había estado esperando. Era la razón por la que había venido a Edimburgo. Iba a hacer su magia en una época y un lugar que desconocía, pero ¿qué tan difícil podía ser? El trabajo de Edna casi siempre había emparejado a personas del pasado con parejas del presente. Este sería un nuevo reto para ella, y uno que estaba ansiosa por asumir.

—¡Angus! ¡Angus! —gritó Edna mientras entraba corriendo en su apartamento.

—Estoy aquí, Edna. No hace falta que grites —Angus levantó la mirada de su diario. Ella pensaba que él debería comprar una tableta, pero él le decía que le gustaba la sensación de un periódico real en sus manos.

—Nos vamos de aventura —explicó ella sin aliento.

—¿Nos vamos? ¿A dónde? —Angus se levantó y dejó caer el papel sobre su silla.

—Francia, en el año 1614. No sé cuánto tiempo vamos a estar fuera, así que ¿puedes asegurarte de cerrar todo mientras reúno algunas cosas que necesitaré? —ella miró alrededor de la habitación, asomándose por debajo y detrás de los muebles—. ¡William! ¿Dónde estás?

William era el gato que ella había traído con ellos desde Glendaloch. La había ayudado cuando fue secuestrada por otra bruja y, a cambio, ella le había dado un nuevo hogar. Era su familiar y tenía sus propios poderes, uno de los cuales era esconderse a la vista cuando Edna lo necesitaba.

—Aquí estás —dijo Edna cuando William apareció frente a ella—. William, Angus y yo nos vamos de aventura. Tú te quedarás aquí. La señora Clyman cuidará de ti.

Él no creía necesitar que lo atendieran y dejó escapar un aullido de protesta como respuesta.

—No seas difícil. Ella te dará de comer y te limpiará. No la hagas pasar un mal rato, ¿me oyes? —Edna se inclinó para mirarlo a los ojos.

Si él la estaba escuchando, ciertamente no se lo hizo saber mientras se lamía tranquilamente la pata y luego la usaba para limpiarse la parte posterior de la oreja.

Edna miró a Angus, quien se había cubierto la boca para reprimir la risa.

—Muy gracioso. Pongámonos en marcha.

—¿Tendré que llevar algo? —preguntó Angus.

—Tu espada servirá —dijo Edna mientras se paseaba por el salón —. Cualquier otra cosa que necesites, la conseguiremos cuando lleguemos —se detuvo en seco y se volvió hacia Angus, con el ceño fruncido por la preocupación.

—¿Qué pasa?

—¿Te importa acompañarme? No se me ocurrió preguntar.

—¿Qué si me importa? ¿Qué clase de pregunta es esa? A tu lado es donde quiero estar.

—¿Estás seguro? —Edna había asumido que él lo estaría, pero comprobarlo dos y tres veces no era algo que le resultara imposible.

—Mucho —le aseguró Angus.

—Muy bien entonces.

—Además, si no voy contigo, ¿quién te protegerá cuando te metas en problemas?

—Angus, soy perfectamente capaz de cuidar de mí misma, soy una bruja, ya sabes.

¿Por qué todos pensaban que necesitaba ser protegida? No había llegado tan lejos en la vida sin evitar alguna que otra situación complicada. Edna estaba segura de que podía superar casi cualquier cosa si era necesario.

—Soy muy consciente —su rostro se iluminó con una sonrisa traviesa.

—Oh, sí —Edna se rio mientras él le rodeaba la cintura con un brazo y la atraía hacia su pecho.

Angus le besó la punta de la nariz.

—Te amo a ti y a tu forma de ser de bruja, mujer. No lo olvides.

—Y yo te amo a ti y a tu descaro escocés. Ahora, por mucho que prefiera estar aquí besuqueándome contigo, nos espera una tarea.

Angus apartó el brazo de su cintura, pero no antes de besarla con pasión.

Edna no pudo hablar mientras volvía a centrarse en el trabajo en cuestión y se alejaba con pies inestables. Mirando hacia atrás, Angus mostró una sonrisa de satisfacción que casi la deshizo en ese momento.

* * *

EDNA EMPACÓ una bolsa con artículos esenciales de bruja. Llevó solo lo que consideró necesario, incluyendo una baraja de cartas por si necesitaba ayuda para leer la situación, un pequeño libro de hechizos y una poción que podía curar casi cualquier herida o enfermedad que pudieran encontrar. En un momento de inspiración, se detuvo el tiempo suficiente para lanzar un hechizo sobre la bolsa que podría ser útil más tarde.

William estaba bastante molesto por haberse quedado atrás y se lo estaba haciendo saber al mostrarle el trasero mientras se alejaba cada vez que ella intentaba acariciarlo.

—Volveré pronto. Quizá puedas ir la próxima vez —la miró con un poco más de interés—. Es solo que este es mi primer trabajo como parte del consejo y necesito concentrar todos mis esfuerzos en hacerlo bien. Me preocuparía por ti todo el tiempo. ¿Y si te perdiera?

La miró fijamente un momento, pareciendo especialmente afligido —como si *él se fuera* a perder—, y luego le dio la espalda de nuevo.

—Yo sería miserablemente infeliz y lo sabes, así que deja de intentar hacerme sentir mal.

William salió de la habitación pavoneándose, dejando a Edna para que terminara de empacar.

—No creas que no recordaré esta encantadora despedida que me estás dando, William —llamó Edna tras él. Él sabía exactamente lo que estaba haciendo y Edna estaba sintiendo los efectos de ello. Culpa, tristeza y preocupación, todas juntas, casi la hicieron ceder, pero no lo haría. Esta vez no.

Por suerte, William era muy querido por la señora Clyman y Edna estaba segura de que probablemente ganaría unos cuantos kilos para cuando ella volviera.

—¿Estás casi lista? —preguntó Angus, asomando la cabeza por la puerta.

—Tienes prisa, ¿no? —preguntó Edna, ajustando la única bolsa que llevaría. Era lo suficientemente pequeña como para colgarla del hombro o atarla a la cintura. Era importante que no estorbara y que no resultara ser una carga, pues se suponía que debía ser una ayuda.

—Estoy emocionada por ir —dijo Angus.

—Se nota —miró a su alrededor, asegurándose de que no se olvidaba de nada—. Estoy lista —anunció Edna.

Angus extendió el codo para que ella lo cogiera. Edna le dio un beso en la mejilla antes de que bajaran las escaleras.

Una vez en la puerta, Edna se volvió para despedirse de William. No podía verlo, pero sabía que estaba justo donde podía verla y oírla.

—Adiós, mi amorcito. Pórtate bien con la señora Clyman y nos veremos pronto.

CAPÍTULO 2

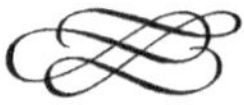

*A*l llegar a las oficinas del Consejo de Brujas, Edna se sintió muy orgullosa de mostrarle a Angus el lugar y señalarle los cambios que ella había hecho. Estaban solos en la oficina. Edna no estaba segura de dónde habían ido las demás, pero supuso que volverían rápidamente. Querían que se fuera hoy y ella estaba más que dispuesta a irse.

—Has visto todas las flores en la calle cerrada —dijo.

—Lo he hecho y son hermosas. Siempre has tenido mano para la jardinería, mi amor.

—También he hecho mucho aquí —señaló lo oscuro que había sido antes y cómo ahora todo era mucho más brillante—. Nunca habría dicho nada al consejo, pero este lugar era un poco deprimente.

—Entonces has hecho lo que te has propuesto. Es un sitio bastante alegre.

Edna parecía complacida de que Angus apreciara sus esfuerzos.

—El consejo fue un poco escéptico al principio, pero una vez que puse algunas obras de arte coloridas y traje muebles que no solo eran hermosos sino funcionales, todos quedaron bastante contentos.

—¿Dónde crees que están? —preguntó Angus mientras recorría el despacho, echando un vistazo a los papeles de cada mesa.

—Angus —Edna negó con la cabeza—. Podrían estar en cualquier parte.

—¿Crees que nos están observando?

Como respuesta a su pregunta, las tres brujas aparecieron frente a ellos.

Edna frunció el ceño al verlas, mientras que Angus se quedó con los ojos muy abiertos y perfectamente inmóvil.

—¿Por qué hacéis eso? —Edna resopló. Sabía la respuesta. Pensaban que era muy divertido confundir a todo el mundo con su demostración de poder mágico, y en la mente de Edna ellas sabían cuánto lo odiaba.

—Solo estamos practicando por si alguna vez necesitamos espiar a alguien —dijo Melusina—. No sé por qué te molesta tanto.

Edna puso los ojos en blanco. Ya habían tenido esta conversación antes y no importaba lo que Edna dijera, ellas seguirían *practicando* su acto de desaparición.

—Ven, únete a tu marido y ponte aquí en medio de la habitación —Daire señaló un lugar en el suelo justo al lado de Angus.

—¿Tienes todo lo que necesitas? —preguntó Melusina mientras ella y las demás rodeaban a Edna y a Angus, quienes estaban de pie uno frente al otro. Había espacio suficiente para los cinco en el pequeño y vacío lugar rodeado de escritorios.

—Sí —Edna miró a Angus para asegurarse de que estaba preparado. Él asintió, haciéndole saber que estaba listo para partir.

—Tienes el aspecto de una noble de la época —dijo Daire, mirándola de arriba abajo con aprobación.

—Es el aspecto exacto que yo quería —Edna había conjurado el atuendo apropiado para la época tanto para ella como para Angus. Su vestido era del más suave terciopelo verde bosque con una capa y una capucha de color marrón oscuro. Se había quitado el mechón azul del pelo. Era su distintivo, pero no serviría para la época a la que viajarían. Ahora todo era del tono más brillante de blanco.

Angus llevaba una falda escocesa de la época. Era muy parecida a la falda escocesa que había llevado el día en que ella lo conoció en el puente. ¿Cuándo había pasado tanto tiempo? Parecía que ayer se habían conocido en el mismo puente en el que ella transportaría a muchas muchachas del siglo XXI al pasado para que conocieran a sus amores.

Ese era el trabajo de Maggie ahora. Se ocuparía del puente y de las parejas. Edna soltó un suspiro de impaciencia, deseando que todo este proceso se acelerara. Estaba emocionada por partir mientras cogía a Angus de las manos y miraba su apuesto rostro.

Las tres brujas se movieron a su alrededor en una danza de brazos y bufandas, ondulando mientras daban vueltas. Edna deseó poder usar un puente. Estaba familiarizada con eso, pero comprendía que las cosas eran diferentes ahora y por eso esperó. Al poco tiempo sintió que la elevaban en el aire, girando y torciéndose mientras se aferraba a Angus. No quería perderlo.

Tan rápido como habían despegado, aterrizaron. Edna se sintió un poco inestable sobre sus pies, balanceándose un poco mientras Angus la rodeaba con un brazo fuerte para evitar que se cayera.

—Bueno, aquí estamos. ¿Estás bien ahora?

—Sí. Gracias, amor. Ya puedo estar de pie —Edna miró a su alrededor en un intento de orientarse, pero estaba confundida sobre por qué habían aterrizado donde lo hicieron. Estaban en la calle cerrada. La misma donde el Consejo de Brujas tenía sus oficinas, pero no había ninguno de los letreros familiares ni las cajas llenas de flores a la vista —. No estoy segura de dónde debemos ir —no era propio de ella estar tan fuera de su elemento. Edna siempre se enorgullecía de estar a cargo y tener el control. Esta vez había tenido que ceder ese control al consejo, permitiéndoles transportarla a través del tiempo.

—A Francia —dijo Angus.

Edna reflexionó sobre este pronunciamiento y comenzó a abandonar la calle. Podía sentir que Angus la seguía justo detrás.

—Espero que al menos nos hayan llevado a la época correcta. Sabremos más cuando comencemos nuestro viaje. Primero, necesitaremos encontrar una nave que nos lleve.

—A Leith entonces —dijo Angus, cogiendo la mano de Edna y colocándola en el pliegue de su codo—. Por aquí.

—Estás muy tranquilo —dijo Edna, mirando a su marido.

—Estoy contigo. Mientras estemos juntos, no hay nada de qué angustiarse —su tranquila confianza era justo lo que ella necesitaba.

Edna respiró hondo para ahuyentar su irritación con el consejo y obligar a que sus nervios se calmaran. Angus tenía razón. Se tenían el uno al otro y juntos eran una pareja feroz. Levantó la cabeza y paseó orgullosa por las calles con Angus, su roca y su protección.

—No he estado en Francia —dijo Angus—. Me da curiosidad.

—No hemos tenido tiempo de ir a ningún sitio. Entre el puente y la posada, hemos estado bastante ocupados. De alguna manera, pensé que la primera vez que viajáramos a París sería en nuestra época.

—Estamos en una aventura —le recordó él.

Ella tuvo que estar de acuerdo.

—Lo es.

Se dirigieron al puerto y, tras preguntar a varios hombres en los muelles dónde podrían encontrar un barco que zarpara hacia Francia, les indicaron uno llamado *The Mallard* que partiría hacia Francia ese día. Una vez que lo encontraron, Edna se volvió hacia Angus, quien parecía tener el mismo pensamiento que ella.

—¿Crees que es seguro?

—Si es necesario, puedo evitar que se hunda, pero deja mucho que desear —ella miró las velas del barco que parecían haber sido reparadas numerosas veces. La cubierta del barco estaba desgastada, con algún que otro agujero aquí y allá.

El hombre a cargo los miró a ambos cuando se acercaron a él. No parecía dispuesto a permitirles subir a bordo.

—Esto no es un barco de pasajeros —dijo.

Edna metió la mano en su bolso con cordón y sacó dos monedas de plata, agitándolas delante de la cara del hombre, cuyos ojos se abrieron de par en par mientras extendía la mano. Y una vez entregadas las monedas, se apartó para que pudieran acceder a la rampa de desembarco.

—¡Bienvenidos a bordo!

—¿Cuántas tienes? —le susurró Angus al oído, refiriéndose a las monedas.

—Un suministro interminable —Edna esbozó una enorme sonrisa.

Se sentía cada vez más relajada. Podía hacerlo. Podía hacer cualquier cosa, del mismo modo que había conjurado las monedas de su bolso. Sus métodos de bruja, como las llamaba Angus, les servirían—. ¿Cuánto durará el viaje? —le preguntó casualmente al hombre.

—Más de un mes —dijo, alejándose.

—No puede ser posible —Edna se volvió hacia Angus—. Vamos a tener que encontrar otra manera. No tenemos un mes de sobra.

—No podemos nadar —dijo Angus.

—No. Por supuesto que no —miró a su alrededor sin estar segura de lo que estaba buscando.

—¿Hay un puente cerca? —Angus echó un vistazo a su alrededor.

—Angus, eres un genio. Tiene que haber uno cerca. Vamos —lo cogió de la mano y se apresuraron a salir del barco y alejarse del muelle.

—¿Adónde vais? —gritó el hombre—. Nos estamos alejando. No os devolveré el dinero.

—Quédatelo —dijo Edna por encima del hombro—. Ahora a buscar un puente. No creo que encontremos ninguno conocido. Mi mejor suposición es que habrá uno a través del Fiordo de Forth.

—Al Fiordo entonces —dijo Angus.

Se apresuraron a atravesar las abarrotadas calles de Edimburgo, esquivando la multitud de gente que había por todas partes y el ocasional grito de "gardyloo" seguido del contenido de un orinal vaciándose desde una ventana superior.

—¡Oh, cielos! —dijo Edna después de un grito particularmente cercano. Avanzó con cautela alrededor del desorden y prácticamente se puso a correr.

—Tenemos que encontrar un carruaje, amor. Estate atenta —Angus la levantó del suelo y por encima de un gran charco.

—Ahí hay uno —dijo Edna, señalando delante de ellos.

El carruaje pertenecía a un caballero que ahora estaba de pie junto a él, observando un edificio.

—Volveré enseguida.

—Sí, señor —respondió su conductor.

—Disculpe —dijo Angus, llamando la atención del hombre—. Mi

esposa y yo nos preguntamos si podríamos pagarle para que su hombre nos lleve al Fiordo.

—Eso es una gran distancia —dijo el hombre.

—Exactamente por eso necesitamos su ayuda.

—¿Su nombre, señor? —el hombre los miraba de arriba a abajo, lo cual era comprensible. ¿Cómo sabía que eran de confianza?

—Soy Angus Campbell y esta es mi esposa Edna. Nuestro conductor fue en busca de agua para los caballos y ha desaparecido con nuestro carruaje. Estaré encantado de recompensar su tiempo.

—¿Cuánto vale mi tiempo? —preguntó el hombre.

—Mucho —Edna metió la mano en su bolsa y sacó un puñado de monedas junto con una dosis de magia que haría que el hombre estuviera más dispuesto a su petición.

—Muy bien entonces —se volvió hacia su hombre—. Vuelve tan pronto como puedas.

Edna le dio un codazo a Angus en el costado, guiñando un ojo cuando él la miró.

—¿Vamos?

Él abrió la puerta del carruaje y la siguió. Se sentaron cómodamente el uno al lado del otro mientras el conductor recorría cuidadosamente las calles de Edimburgo y se adentraba en el camino que los llevaría al Fiordo.

El viaje duró más de lo que ninguno de los dos había previsto. Edna jugueteaba con la bolsa que había traído, atando y desatando la correa de cuero que la mantenía cerrada. Estaba impaciente por poner las cosas en marcha y su frustración por la situación se desbordaba mientras miraba por la ventana del vagón en busca de un puente. Cualquier puente serviría, pero no había ni uno solo. Cuando el carruaje se detuvo, Edna volvió a mirar por la ventanilla hacia la amplia extensión de agua, preguntándose por qué diablos el conductor los estaba dejando en este lugar. Había ranas saltando entre las altas hierbas de la orilla del agua en busca de insectos que zumbaban para llenar sus estómagos. Los patos y los gansos se deslizaban por el agua mientras otras aves sobrevolaban la zona y se zambullían de vez en cuando en el Fiordo cuando veían un pez desde lo alto. Toda esta belleza y ni un solo puente a la vista.

Angus salió del carruaje y extendió una mano para ayudar a Edna.

—Gracias —dijo al conductor, quien parecía ansioso por seguir su camino.

Edna se volvió hacia su marido. Una exasperación pura la hizo apretar los labios. Se giró para ver los transbordadores alineados a lo largo de la orilla, y se llevó inmediatamente la mano a la frente.

—Esto no puede ser posible. La única manera de cruzar parece ser por medio de un ferry.

—¿No es una especie de puente? —preguntó Angus.

La mano de Edna cayó de su cabeza mientras sus ojos se abrían de par en par.

—¿No te he dicho que eres un genio? —Edna lo cogió la mano y se apresuró a dirigirse al capitán de trasbordador más cercano—. ¿Puedes llevarnos al otro lado?

Él le tendió la mano para que le pagara y Edna buscó en su bolso y sacó otra de su inagotable colección de monedas para entregársela.

Una vez a bordo y después de recorrer aproximadamente la mitad del camino, Edna comprobó que el capitán de trasbordador no les estaba prestando atención. Le hizo un gesto a Angus para que la rodeara con sus brazos. Mientras él lo hacía, ella cerró los ojos y se inspiró en sus experiencias en el puente de Glendaloch para crear un torbellino de niebla que se arremolinó alrededor de los dos, asegurándose de que se mantuvieran lo más lejos posible del capitán para no llevarlo accidentalmente en su viaje. En su mente, Edna imaginó su destino y respiró profundamente al ver que el barco se dirigía a través de la niebla y los dejaba en las orillas de otro río. Esta vez en Francia, o eso esperaba ella.

—¿Dónde estamos? —la sorpresa del hombre era evidente, ya que tenía la boca abierta y sus ojos parecían salírsele de la cabeza.

—No lo sé —dijo Edna. Era una respuesta sincera. Deberían estar en Francia, pero no podía estar segura todavía. Dondequiera que hubieran desembarcado, el capitán y su barco seguían con ellos. Angus bajó primero del ferry y luego, colocando sus manos en la cintura de Edna, la levantó hasta la orilla—. Será mejor que vuelvas por el mismo camino. La niebla debió desviarte del rumbo.

—Sí. Debe ser eso, pero he viajado por esta ruta todos los días durante años. Nunca he visto este lugar. ¿Seguro que queréis quedaros aquí?

El hombre parecía muy preocupado por ellos, lo que a Edna le pareció adorable. Ella tenía fe en que había gente buena en todas partes, si uno se tomaba el tiempo de buscar.

—Estaremos bien. Vete ahora. Vuelve a Edimburgo —Edna lo hizo callar con un movimiento de mano.

El hombre empujó el bote lejos de la orilla con su remo y, al hacerlo, entró de nuevo en la niebla arremolinada. Edna lo guio con su mente hasta que supo que volvería a su sitio con una historia increíble para contar a todo aquel que quisiera escuchar.

Riéndose para sus adentros, se volvió hacia su marido, quien lucía una gran sonrisa.

—No sé tú, pero yo me estoy cansando. Ha sido un día muy largo —Edna miró alrededor de las orillas del río y no vio nada más que un camino de tierra que se alejaba hacia quién sabía dónde—. Parece que no tenemos más remedio que ir por aquí. Con suerte, en poco tiempo sabremos dónde hemos aterrizado.

Angus cogió su mano en la suya y se pusieron en camino, pero Edna lo detuvo.

—Voy a ponerme algo más cómodo —con un movimiento de manos mientras daba dos vueltas, su ropa cambió de su atuendo de viaje a uno menos engorroso. Angus asintió con la cabeza en señal de aprecio por el nuevo aspecto. Edna lo escudriñó de pies a cabeza, pero decidió que su atuendo de las Tierras Altas era aceptable para casi todos los casos, así que lo dejó como estaba y se pusieron en marcha una vez más.

Llevaban horas caminando y no habían visto a nadie más.

—Hace años que no camino tanto —dijo Edna, deteniéndose bajo un árbol que daba sombra para descansar contra su sólido tronco—. ¿Cómo sabemos que vamos en la dirección correcta?

—Supongo que no lo sabemos —Angus se apoyó en el árbol mientras examinaba el cielo—. El sol se ocultará pronto. Esperaba que encontráramos un lugar para pasar la noche.

Edna estaba a punto de responder a sus inquietudes cuando el sonido de los caballos y de un carruaje moviéndose rápidamente se escuchó justo fuera de la vista. Una espesa nube de polvo anunció su aproximación cuando llegó a la cima de la colina que ellos acababan de atravesar.

Angus se dirigió rápidamente al centro del camino de tierra.

—¿Se detendrán? —Edna estaba preocupada.

—Quédate ahí —ordenó Angus mientras el carruaje se acercaba a toda velocidad. Agitando los brazos de un lado a otro para hacerle una señal al conductor, se mantuvo firme.

Edna, por su parte, estaba bastante preocupada de que lo atropellaran, así que hizo lo que cualquier buena bruja haría, hechizó a los caballos, obligándolos a detenerse justo al lado de Angus. Dejó escapar un suspiro de alivio y se unió a su marido mientras se acercaba al carruaje.

El conductor parecía bastante perplejo mientras bajaba de su posición elevada musitando para sí mismo en francés. Edna no dominaba el idioma y Angus tampoco, así que lanzó otro de sus hechizos para que pudieran entender y ser entendidos por cualquier persona con la que se encontraran.

Las quejas del conductor se hicieron evidentes al maldecir a los cuatro caballos blancos y de raza pura que permanecían perfectamente quietos mientras él los examinaba. Comprobó que sus cascos no tuvieran piedras y revisó sus arneses. Cuando no encontró nada malo, se rascó la cabeza y se volvió hacia Angus.

—¿Qué has hecho? —era un hombre más pequeño y Angus lo superaba en altura, pero eso no pareció molestarle lo más mínimo mientras lo señalaba con el dedo.

—Nada —respondió Angus, apartando el dedo del hombre—. Mi esposa y yo necesitamos que nos lleven. ¿Crees que podrías ayudarnos con un viaje a la posada más cercana?

—Este es el carruaje del Rey Luis —obviamente, le pareció una respuesta adecuada a la petición.

—¿Él está ahí dentro? —preguntó Edna, acercándose al habitáculo.

El hombre corrió a ponerse delante de ella antes de que pudiera abrir la puerta.

—¡No!

—Señor, le estaríamos muy agradecidos si nos ayudara —dijo Edna al mismo tiempo que hechizaba en silencio al conductor—. No queremos causar problemas y nadie tendría que saberlo.

El comportamiento del hombre cambió inmediatamente.

—Por supuesto, madame —abrió la puerta y esperó a que Edna y Angus entraran—. Hay una posada no muy lejos de aquí. Os llevaré.

—Gracias… No nos has dicho tu nombre —dijo Edna.

—Nicholas —se pasó el brazo por la cintura mientras se inclinaba.

—Soy Lady Edna Campbell y este es mi marido, Lord Angus Campbell. Acabamos de llegar de Escocia.

—¡Bienvenidos! —dijo Nicholas. Al parecer, no le resultaba extraño que se hubiera encontrado con ellos en el camino, en medio de la nada.

Edna no pudo evitar creer que, si no estuviera bajo su hechizo, él no se habría alegrado tanto de ayudarles. El hombre cerró la puerta del carruaje y volvió a subir a su asiento. Edna liberó a los caballos de su hechizo y se pusieron en marcha sin problemas. El conductor los mantuvo al trote y no al ritmo vertiginoso que había llevado cuando lo detuvieron. Edna se relajó en el asiento y observó el carruaje real. Estaba bastante adornado, con detalles dorados y rojos. Estaban sentados en suaves cojines de terciopelo, ocultos a la vista del mundo exterior, con cortinas a juego que colgaban de las ventanas.

Edna cogió la mano de Angus.

—Todo irá bien.

—¿Lo dices por mí o por ti, mi amor? —preguntó Angus, con un ligero matiz de humor en su voz.

Ella no pudo evitar reírse. Angus la conocía muy bien.

—Por los dos —le aseguró ella.

Mirando a través de las cortinas de la ventana del carruaje, Edna observó que se habían detenido frente a un gran edificio de piedra de tres pisos. Altas ventanas de seis cristales cubrían cada piso.

—¿Esta es la posada? —llamó ella al conductor.

Él abrió la puerta del carruaje.

—La mejor de todo París.

Edna cogió la mano de Angus mientras salía a la luz del día, la cual cubría la ciudad de París con un brillo dorado.

—Me gustaría ver a la Reina Madre —le dijo al conductor, quien seguía bajo su hechizo. Ella le entregó una nota escrita rápidamente durante el trayecto.

—Por supuesto, Madame. Pediré una audiencia para usted y Lord Campbell.

—Bien. Muchas gracias por traernos a salvo.

El hombre se inclinó la gorra antes de subir al carruaje y dirigirse hacia el palacio.

CAPÍTULO 3

—*E*so ha salido bien —dijo Angus cuando entraron en su habitación.

—Pareces sorprendido —dijo Edna. Pasó la mano por el revestimiento de brocado de la gran cama con dosel de madera.

—No estoy sorprendido. Impresionado. Ha sido todo un viaje y has conseguido que lleguemos aquí de una pieza.

Edna se giró lentamente, observando el papel pintado decorado con flores, el suelo alfombrado y el mobiliario de madera ornamentada. Terminando su exploración visual, miró a Angus con una sonrisa victoriosa.

—Esto es muy divertido. Tenía mis dudas cuando nos encontramos en el callejón, pero ahora no.

—Si esto es una habitación de posada, solo puedo imaginar lo elaborado que debe ser el palacio —Angus se acercó a la ventana y se asomó al patio por el que habían entrado al llegar—. Tengo hambre, Edna. ¿Dónde encontraremos comida?

—Imagino que debe haber un comedor abajo. ¿Vamos a ver? —ella se quitó la capa, colocándola sobre la cama y luego cogió el brazo que Angus le ofrecía—. ¿Te he dicho lo atractivo que te ves hoy?

Angus sacó un poco más el pecho y una sonrisa de satisfacción apareció mientras hablaba.

—No, no lo has hecho.

—Bueno, entonces, considérate informado.

Angus depositó un dulce beso en los labios de Edna.

—¿Vamos?

A pesar de su tamaño, el comedor era acogedor y cálido. Se sentaron en una pequeña mesa redonda cerca de la chimenea. La mesa estaba preparada con finos utensilios de plata y bonitos platos colocados sobre un mantel de encaje. Parecían ser los únicos comensales.

—¿Dónde están todos? —preguntó Edna al caballero que se acercó a su mesa.

—Ha llegado usted muy temprano, señora. Los invitados suelen comer más tarde.

—Hemos tenido un largo viaje y no hemos comido nada en todo el día —explicó Edna.

—Por supuesto. Os traeré comida y bebida enseguida.

Platos de gallinas salvajes fueron colocados frente a ellos junto con pan, verduras y una maravillosa salsa. El vino fue servido en copas y colocado junto a sus platos.

—Gracias —dijo Angus.

El hombre se inclinó hacia ellos.

—Disfrutad de la comida —dijo mientras se alejaba.

La comida era mejor de lo que Edna había esperado. Se dio cuenta de que Angus también lo creía. Había limpiado su plato y miraba el de ella.

—No voy a terminarlo. Adelante.

Angus cambió de plato con ella y devoró hasta la última gota. Luego se recostó en su silla pareciendo satisfecho.

—Creo que esta noche dormiremos bien —dijo Edna.

—Estoy de acuerdo —dijo Angus.

Edna dio un último sorbo al vino y se limpió los labios con la servilleta.

—Espero que la cama sea cómoda.

—Si no lo es, estoy seguro de que la arreglarás —Angus le guiñó un ojo.

—Mañana será un día de mucho trabajo. Con suerte nos encontraremos con todos los que tenemos que reunirnos y tendré una mejor idea de lo que debo hacer para ayudar a Emilie.

—Tengo fe en que lo harás.

Edna apreciaba la confianza de Angus sobre su capacidad para poder hacer esto, pero a pesar de su normal seguridad en sí misma, tenía sus dudas. Una buena noche de sueño probablemente arreglaría eso.

Angus se puso de pie y retiró su silla por ella.

—¿Vamos?

Una sonrisa apareció en los labios de Edna. Estaría encantada de acurrucarse junto a su hombre y disfrutar de su primera noche en París.

* * *

A LA MAÑANA SIGUIENTE, para sorpresa de Edna, el carruaje estaba de regreso.

—Buenos días —dijo Nicholas.

—Nicholas, no esperábamos verte esta mañana —Edna y Angus habían planeado caminar hasta el palacio. No estaba segura de que se les permitiera la entrada, pero pensó que valía la pena el intento. Ahora parecía que no tendrían ningún problema.

Nicholas se inclinó hacia ellos.

—La Reina Madre estará encantada de veros esta mañana.

—Eso sería encantador —dijo Edna. Las cosas empezaban a encajar.

Nicholas abrió la puerta del carruaje, llevándolos al interior.

Edna le dio un codazo a Angus.

—Mi hechizo parece seguir funcionando.

Angus le pasó el brazo por la cintura mientras la ayudaba a subir al carruaje.

—He estado bajo tu hechizo desde que nos conocimos.

—No tuve necesidad de hechizarte, Angus. Estabas muy dispuesto, si no recuerdo mal —Edna se acomodó en su asiento y Angus se unió a ella.

Él se rio.

—No, no recuerdas mal.

El carruaje atravesó la ciudad hasta las puertas del Palacio de las Tullerías. Cuando lo atravesaron, Edna apenas pudo contener su emoción. La inmensa estructura estaba coronada por un techo abovedado y una cúpula a juego. Filas de ventanas se extendían a ambos lados de la magnífica entrada que pronto atravesarían. A lo lejos, Edna podía ver los hermosos jardines del palacio, y la idea de explorarlos la llenaba de entusiasmo. Estrujó el brazo de Angus cuando el carruaje se detuvo en la entrada del palacio. La anticipación la hacía vibrar de emoción.

—Por aquí, por favor —un sirviente en librea los recibió cuando salieron del carruaje.

Siguiéndolo a través de las grandes puertas de entrada, Edna y Angus se sorprendieron de la belleza del palacio. La enorme extensión de la entrada parecía aún mayor al contemplar los techos arqueados pintados con coloridos murales que se extendían a lo largo del amplio pasillo. Cuadros de tamaño natural de la familia real, del pasado y del presente, se alineaban en las paredes. Edna quiso detenerse a admirar cada uno de ellos, pero el lacayo continuó rápidamente delante de ellos y, como ella no quería perderse, lo siguió.

Miraran donde miraran, se encontraban con la belleza esperada en la corte francesa de la época. Edna miró su vestido, que pensaba que sería perfecto para una audiencia con la Reina Madre. Pero ahora le parecía demasiado soso en comparación con los de las otras mujeres con las que se cruzaban. Había telas bellamente bordadas en distintos tonos pastel por todas partes y las mujeres que las llevaban se movían con una gracia regia propia de quienes caminaban por los pasillos del palacio. Los hombres también iban vestidos con un atuendo resplandeciente que incluía medias de seda puestas sobre calzones pantalones bombachos justo por debajo de la rodilla, y chalecos bordados con pañuelos de cuello a juego. Abrigos con faldas hasta la rodilla eran el toque final de la mayoría de sus trajes.

Al llegar a las puertas abiertas del salón, Edna se asomó y observó que había bastante gente paseándose.

—La Reina Madre estará aquí en breve —dijo el criado mientras los dejaba entrar por su cuenta.

—Me pregunto cuál de estas personas es Emilie —dijo Edna.

—Tal vez sea más fácil encontrar a Robert MacMillan —comentó Angus mientras señalaba con la cabeza a un grupo de hombres vestidos con faldas escocesas al otro lado de la vasta sala.

Dos tronos, cubiertos de terciopelo rojo empenachado, estaban colocados en un estrado centrado a lo largo de la pared y de cara a la puerta. Unas cortinas de tela brocada dorada y roja colgaban de una gran y ornamentada corona dorada situada en el centro. El resto de la sala era más tenue que el pasillo que acababan de atravesar, pero seguía estando bellamente decorada con cuadros y estatuas. La habitación daba todo el protagonismo a los tronos donde se sentarían la Reina Madre y su hijo a su llegada.

Edna y Angus recorrieron la sala, asintiendo con la cabeza en dirección a los asistentes de esa mañana. Nadie parecía especialmente interesado en hablar con ellos. Todos estaban allí con un propósito: ver a la Reina Madre, María de Médici.

Se dirigieron hacia el grupo de los vestidos con faldas escocesas.

—Buenos días. Soy Angus Campbell y esta es mi esposa, Edna.

—Buenos días —respondieron los hombres.

—Estamos buscando a Robert MacMillan. ¿Sabéis dónde podemos encontrarlo?

El más alto de los hombres habló.

—Está con el joven rey.

—Ya veo. ¿Dónde sería eso? —preguntó Angus.

—Es difícil saberlo —miró a los demás hombres del grupo, quienes se encogieron de hombros.

—Entonces, ¿ellos no se reunirán con la Reina Madre esta mañana?

—No es probable. Supongo que están al aire libre, posiblemente cabalgando por las orillas del río.

—Gracias. Entonces, veremos al hombre más tarde.

Si los hombres sentían curiosidad por Angus y Edna, no lo demostraron mientras volvían a su conversación.

Edna estaba a punto de decir algo cuando la sala cobró vida con voces excitadas. La Reina Madre entró en la sala con su séquito y se dirigió al trono. Los presentes crearon un pasillo para ella, inclinándose y haciendo reverencias a su paso. María iba llevaba un elaborado vestido en un tono bermellón intenso. Unas perlas de color crema y marfil rodeaban su cuello y también caían de sus orejas. Un cuello de encaje blanco plisado se unía a su vestido y se alzaba firmemente en la parte trasera de su cabeza, enmarcando su cabello, el cual estaba recogido y lleno de joyas.

María reconoció a regañadientes a algunos de los que la esperaban a su paso. Una vez sentada, se formó un semicírculo entre los asistentes y uno a uno se presentaron ante ella. A algunos los conocía bien y les habló en voz baja, manteniendo sus conversaciones en privado. Otros eran nuevos para ella, como demostraban sus inquietos movimientos al presentarse ante ella.

Cuando llegó el momento de que Edna y Angus se acercaran, subieron los escalones del estrado. Edna hizo una reverencia y Angus se inclinó.

—Buenos días, Su Alteza. Soy Lady Edna Campbell y este es mi marido, Lord Angus Campbell.

—Hablas en nombre de tu marido —observó Marie.

Edna no había pensado en los protocolos de la época y si era o no aceptable que ella fuera la que hablara con la Reina Madre.

—Mis disculpas, yo...

María levantó una mano hacia Edna.

—No te preocupes, querida. Me complace cuando una mujer demuestra su valía.

Edna soltó un discreto suspiro de alivio, inclinando la cabeza hacia la Reina Madre y sonriendo.

—Habéis venido desde Escocia —era una afirmación, no una pregunta.

—Sí, así es.

—¿Por qué deseabais verme? —María inclinó ligeramente la cabeza, mostrando su curiosidad.

Edna tampoco había pensado mucho en eso e iba a tener que improvisar.

—Cuando estamos en París, nos corresponde presentar nuestros respetos y los del rey James, para que usted sepa que Escocia mira con cariño a toda Francia, pero especialmente a la familia real.

María pareció complacida con esta respuesta.

—¿Dónde os alojáis?

—En una encantadora posada no muy lejos de aquí. Le Rosier.

La Reina Madre resopló ante esto.

—Ah, sí, Monsieur Rose —dijo con desdén el nombre del hombre mientras arrugaba la nariz, algo que rápidamente llegó y luego se fue —. Sois bienvenidos a explorar los jardines y a uniros a nosotros más tarde esta noche. Anunciaremos el compromiso de una de mis damas.

—Estaremos encantados de ofrecer nuestras felicitaciones. ¿Ella está aquí ahora? —Edna se contuvo. Tuvo que abstenerse de preguntar si la joven era Emilie Toussaint. Revelar sus intenciones en este momento causaría más problemas de los necesarios.

—Está en los jardines con su prometido, el conde Matteo Barbieri —María parecía satisfecha de sí misma mientras decía—. Yo he arreglado el acuerdo nupcial.

Edna no pudo evitar mirar hacia las ventanas por un momento para buscar a Emilie. Por suerte, María interpretó su distracción como un interés por el terreno.

Tras una breve pausa en la conversación, María los despidió.

—Entonces, adelante. Caminad por los jardines. Son preciosos.

Mirando más allá de ellos, María asintió con la cabeza en dirección a alguien detrás de ellos, alguien que evidentemente estaba esperando una audiencia. Edna y Angus se despidieron y se dirigieron a las puertas abiertas que supusieron conducirían a los jardines.

—Parece que vamos a tener mucho trabajo. La Reina Madre ha

hecho este emparejamiento y es la única que puede cambiar su curso. Vayamos a buscar a Emilie, ¿de acuerdo?

—Guíanos, mi amor —Angus se paró junto a la puerta, permitiendo que Edna pasara antes que él. Una vez que bajaron los escalones y entraron en la *grande allée du jardin des Tuileries* que los conduciría a través del jardín, Edna y Angus se detuvieron un momento para orientarse. María había tenido razón, los jardines eran todo un espectáculo. La vegetación se alineaba a ambos lados del camino, acompañada por el olor fragante de las rosas. El jardín estaba dividido en varios rectángulos llenos de flores y arbustos de colores, y separados por senderos para caminar.

Mientras paseaban cogidos del brazo, Edna notó a una mujer joven que caminaba junto a un hombre mayor.

—Esa debe ser Emilie —dijo Edna, acelerando el paso mientras se dirigía directamente hacia ellos.

—¿Cómo puedes saberlo? —preguntó Angus, siguiéndola.

—No lo sé. Solo estoy adivinando.

Angus se rio al escuchar esto.

Edna le dedicó esa mirada, la que guardaba para cuando no le gustaban sus travesuras.

—Bueno, no hay manera de estar seguro desde esta distancia. Debemos encontrarnos con ellos.

Mientras se acercaban, la pareja se volvió hacia ellos. Edna pisó el freno y redujo la velocidad, sonriéndoles alegremente.

—Buenos días.

—Buenos días —dijo el caballero, saludando con la cabeza.

—Es un hermoso jardín. Acabamos de reunirnos con la Reina Madre y nos ha dicho que debemos explorarlo.

—Es el día perfecto para hacerlo —dijo el hombre.

—Soy Lord Angus Campbell y esta es mi esposa Edna —Edna agradeció que Angus hiciera las presentaciones. Había estado tan concentrada en llegar a Emilie que se había olvidado por completo de todas las sutilezas que implicaba conocer a extraños.

—Soy el Conde Matteo Barbieri y esta es mi prometida, Emilie Toussaint.

Edna tuvo que evitar saltar de alegría. La habían encontrado. Ahora todo lo que tenían que hacer era convencer a todas las partes de que lo mejor sería permitir que Emilie se casara por amor y no como parte de un acuerdo que beneficiaría a la Reina Madre, al Conde e, Edna imaginaba, a la familia de Emilie.

—Emilie, esperaba conocerte.

—¿Eso es cierto? —preguntó Emilie. Una joven de poco más de veinte años, con bonitos rizos color miel y un rostro dulce, parecía un poco tímida y reservada.

—Pues sí, lo es. Queríamos felicitarte por tu compromiso. La Reina Madre nos lo ha contado todo.

Pareciendo menos que entusiasmada, Emilie respondió.

—Gracias.

—¿Asistiréis a la recepción que la Reina Madre ha organizado para esta noche? —preguntó Barbieri.

—Estaremos allí —dijo Edna. Miró a Emilie—. ¿Viste por casualidad la gloriosa luna llena de la otra noche?

El estado de ánimo de Emilie cambió de solemne a curioso.

—Sí, Madame Campbell.

—¿No fue hermosa? He oído que si pides un deseo en la noche de luna llena, se te concederá.

Los ojos de Emilie se abrieron de par en par mientras una sonrisa llena de esperanza iluminaba sus labios.

—No había oído eso —dijo Emilie.

—Sí, es cierto, o eso dicen.

Angus siguió el ejemplo de Edna y entabló conversación con el Conde. Los dos hombres se adentraron en el jardín, dejando a Edna sola con Emilie.

—Estoy aquí para ayudarte, querida —dijo Edna una vez que los hombres se alejaron.

Emilie se llevó las manos a la boca mientras sus ojos se llenaban de lágrimas de felicidad.

—Bendita sea usted, Madame Campbell.

—Llámame Edna, por favor. Puede llevar algún tiempo resolver todo esto, pero al final te casarás con el hombre que deseas y no con el

Conde.

—Mi único deseo es casarme con Robert MacMillan —sus hombros se desplomaron y su comportamiento volvió a ser triste—. He hablado con la Reina Madre, pero ella no lo permitirá y mi padre está de acuerdo. Robert es un soldado y yo soy la hija de un Conde. No es posible que me case con él.

—Tonterías. Puedes y lo harás —la determinación y la confianza de Edna estaban en todo su esplendor.

—Está muy segura de sí misma, Madame.

—Es mi trabajo y uno en el que soy muy buena, si me permites decirlo. He unido a muchas parejas. Tú estás aquí. Robert está aquí. Esto será pan comido. Déjalo en mis manos y tu deseo se hará realidad. Mientras tanto, seguid los planes que se han hecho para vosotros.

—El Conde es un buen hombre. Ha sido muy amable conmigo, pero puedo decir que no me ama más que yo a él.

—Eso hará mi trabajo mucho más fácil —Edna levantó la barbilla de Emilie con la mano—. ¿Confías en mí?

—Lo hago —Emilie miró al cielo. A través de la luz de la mañana todavía era posible ver una ligera parte de la luna—. La luna ha realizado alguna magia que no entiendo.

—No muchos lo entienden. Digamos que ha sido una combinación de cosas. Creo que has recibido una piedra de Madame DuBois.

—Sí. ¿La conoces? —preguntó Emilie.

—Nunca nos conocimos en persona, pero verás que han sido Madame DuBois, la piedra y la luna llena las que han hecho que tu sincera súplica viajara a través del tiempo, hasta Edimburgo en el año 2022 para llegar a mí. Y por suerte para ti, eso ha sucedido. No puedo negarme al amor.

—¿Eres del futuro?

—Sí. He viajado mucho solo por ti —dijo Edna mientras miraba los ojos de Emilie, esperando que ella viera esto como una señal de que realmente estaba allí para ayudar.

—Estoy sorprendida y feliz de que sea así.

Edna notó lágrimas de alivio brotando de los ojos de Emilie. Sacó su pañuelo y se lo entregó a la muchacha. Una sensación de propósito y satisfacción la invadió mientras ella también se emocionaba un poco.

—Todo irá bien, querida. Déjame hacer mi trabajo, y antes de que te des cuenta tendrás a tu hombre.

Emilie inclinó brevemente la cabeza en aparente reconocimiento.

—Me siento bendecida. Gracias.

Siguieron caminando mientras Emilie se limpiaba las mejillas con el pañuelo antes de mantener la cabeza en alto mientras se recuperaba. Alcanzaron a Angus y Matteo, quienes se habían detenido cerca de un estanque de agua y estaban inmersos en una conversación.

—Angus, deberíamos seguir nuestro camino —dijo Edna mientras se acercaban.

—Os veremos esta noche —dijo Matteo.

—Sí. No queremos perder la oportunidad de desearos lo mejor —Angus estrechó la mano de Matteo y se inclinó ligeramente en dirección a Emilie—. ¿Vamos? —extendió su brazo para que Edna lo cogiera.

Edna miró por encima del hombro a Emilie, quien volvía a caminar junto al Conde.

—Esto ha salido bien. Nuestra misión debería estar completa en poco tiempo.

—Parece que el Conde no está dispuesto a casarse —dijo Angus.

—¿Qué quieres decir? —preguntó Edna.

—Hablamos durante algún tiempo. Cada vez que mencionaba a Emilie, su ánimo cambiaba. Cuando le pregunté si estaba dispuesto a casarse con ella, él me sorprendió. Parece que el Conde es un poco avaro. Cuando lo presioné, me confesó que no deseaba casarse. Solo lo hace porque la Reina Madre lo ha dispuesto. Lo último que quiere es una esposa. Es un gasto en el que no quiere involucrarse.

—Oh, Dios. Entonces debemos asegurarnos de que no se casen. No importa lo que pase con Robert y Emilie, ella no debe casarse con este hombre.

—Él no es desagradable. Disfruta de la compañía de Emilie y sería bueno con ella, pero como me ha dicho, él es frugal y una esposa es un gasto que no desea tener.

—Es mucho mayor que Emilie. Debe tener la edad de su padre o más.

—Y ha evitado el matrimonio hasta ahora. Tal vez puedas hacer que su deseo se haga realidad también.

—Creo que podemos arreglarlo todo. Emilie obtendrá el deseo de su corazón y el Conde Matteo Barbieri tendrá su dinero.

CAPÍTULO 4

Mientras se alejaban del palacio, Edna se detuvo.

—Debo ver a Madame DuBois.

Angus levantó una ceja con desconcierto.

—¿A quién?

—La mujer que ha ayudado a Emilie con su deseo. Pensé que lo sabrías.

—No sabía su nombre —explicó Angus—. ¿Por qué necesitas verla?

Edna bajó la voz a un susurro. Miró a su alrededor antes de hablar, asegurándose de que nadie pudiera oírla.

—Yo quería hacerle saber que estamos aquí, y darle las gracias por ayudar a Emilie. Es bueno que sepa que no está sola. Y, nunca se sabe, puedo necesitar su ayuda. Siempre es bueno consultar a la bruja o brujas locales, según sea el caso. Después de todo, estamos en una época en la que las brujas no son apreciadas por el bien que pueden hacer.

Angus cruzó los brazos sobre el pecho.

—¿Es realmente una buena idea verla? Si algo sale mal, podría salir mal para las dos.

A Edna le encantaba que se preocupara tanto por ella, pero creía que esto era necesario, por eso la encontrarían.

—Ella podrá decirme dónde debo tener cuidado y a qué atenerme.

—No había pensado en eso. Podrías estar poniéndote en más peligro de lo que pensé en un principio.

—Por eso te he traído conmigo —Edna se inclinó hacia Angus, dándole un golpe juguetón.

—No me agrada esto, pero si insistes, sé que no puedo hacerte cambiar de opinión. Harías bien en no alejarte de mi vista.

—Prometo mantenerme alejada de las situaciones precarias, mi amor.

Angus expresó su indignación con un ejem.

—¿Qué? ¿No me crees?

—No es que te crea o no. El peligro parece encontrarte sin importar la dirección que sigas.

Edna se rio.

—Oh, Angus querido. Te amo demasiado —ella le tocó el brazo con la cabeza mientras caminaban. Él era su roca, su estabilidad y, si era sincera consigo misma, no podía hacer esto sin él—. Creo que es por aquí —Edna había centrado su objetivo en Madame DuBois y había trazado un camino a través de las calles de París siguiendo sus instintos.

—¿Cómo sabes dónde está ella?

Edna se golpeó la sien con un dedo.

—Solo lo sé.

Angus aceleró el paso mientras Edna avanzaba con decisión por una calle aquí y un callejón allá antes de detenerse frente a una pequeña casa muy necesitada de reparaciones.

—Es aquí —dijo Edna, acercándose a la entrada. Llamó ligeramente a la puerta y, al oír pisadas en el interior, volvió a llamar.

—Sí —dijo una voz desde el interior.

—¿Madame DuBois? —respondió Edna.

La puerta se abrió y Madame DuBois miró primero a Edna y luego a Angus.

—¿Quiénes sois vosotros? —su voz estaba teñida de sospecha.

—Soy Edna Campbell y este es mi marido Angus. Venimos del futuro. Del Consejo de Brujas de Edimburgo.

Madame DuBois dio un paso atrás, entrecerrando los ojos mientras los examinaba más.

—¿Qué queréis de mí?

—No te preocupes. Solo estamos aquí para presentarnos y hacerte saber que estamos trabajando en nombre de Emilie Toussaint. Y, por cierto, gracias por ayudarla —le sonrió cálidamente a la mujer, esperando una indicación de que consideraba que podía confiar en ellos.

—Adelante —Madame DuBois extendió el brazo, indicando que eran bienvenidos dentro.

Edna atravesó la puerta y luego Angus, quien tuvo que bajar la cabeza para no golpearse con el marco de la puerta.

—Por favor, sentaos —dijo Madame DuBois, indicando dos sillas de madera junto a una mesa.

—Me quedaré de pie —dijo Angus, mirando las pequeñas sillas.

—Le dije a la joven que no le hablara a nadie de mí —Madame DuBois frunció el ceño y negó con la cabeza.

—No te enfades con ella. No te ha delatado, y nosotros no te pondremos en peligro.

Madame DuBois parecía un poco escéptica mientras ponía los ojos en blanco.

—Lo prometo —continuó Edna—. Entiendo tu vulnerabilidad en estos tiempos. Te protegeré.

La mujer se relajó, soltando un suspiro.

—Necesito uno de estos —bromeó, señalando a Angus—. ¿Qué es lo que quieres?

—Solo quería presentarme, hacerte saber que tu magia ha funcionado y pedirte ayuda si la necesito mientras estoy aquí —Edna se esforzó por mantener su voz suave y amistosa. Obviamente, Madame DuBois necesitaba que le aseguraran que no querían hacer daño.

—Eres una bruja. ¿Por qué necesitas mi ayuda?

—Es cierto. Lo soy. No tengo nada en mente en este momento, pero no he podido traer muchas de mis cosas —Edna miró alrededor de la habitación hacia la ordenada fila de frascos, algunos con líquido, otros con hierbas y otros con sustancias en polvo—. Si tengo que preparar una poción o necesito hierbas para un hechizo, sería bueno saber que puedo contar contigo.

Madame DuBois no se estaba resistiendo, pero tampoco era precisamente receptiva.

—Solo te lo pediré si es absolutamente necesario —le aseguró Edna.

La mujer soltó un suspiro resignado.

—De acuerdo. Ayudaré si puedo.

—Gracias —Edna se sintió aliviada de haber traspasado la barrera que Madame DuBois había levantado para protegerse.

Su tono se volvió más amistoso cuando se sentó frente a Edna.

—Dices que vienes del futuro —en el sonido de su voz se percibía una genuina curiosidad.

—Sí, del siglo veintiuno. ¿Puedes creerlo? —esto era incluso sorprendente para Edna, quien había viajado en el tiempo con la suficiente frecuencia como para saber que era posible. Pero toda esta situación la seguía sorprendiendo.

—Estoy teniendo algunas dudas al respecto, pero el Consejo de Brujas es poderoso, ¿no? —Madame DuBois se irguió y prestó toda su atención a Edna.

—Podría decirse que sí. Tenemos miembros en todos los lugares y épocas.

—Hay una casa del consejo cerca. Nunca he ido.

—¿Sabes dónde está? —preguntó Edna, sorprendida al escuchar esto.

—Está en el campo, fuera de la ciudad. Nunca he sentido la necesidad de visitarla, pero si es necesario la encontraré.

Edna se sintió aliviada al escuchar esto. Había estado preocupada por Madame DuBois. En esta época, las brujas no eran tratadas con amabilidad y a menudo eran asesinadas. A veces sin ninguna prueba contra ellas.

—¿Sabes si la casa del consejo de la que hablas es la sede en esta época?

—Me temo que no lo sé. Soy una bruja que sabe poco de esas cosas —Madame DuBois parecía más relajada en su compañía ahora que había tenido algo de tiempo para conocerlos—. Nos prepararé un poco de té.

—Eso nos encantaría, pero debemos volver a nuestra posada. Vamos a asistir a una recepción esta noche en el palacio.

—Oh, ¿qué pasará allí? —preguntó Madame DuBois.

—Una celebración del compromiso de Emilie Toussaint y Matteo Barbieri.

Madame DuBois frunció el ceño al escuchar esto.

—Arreglarás esto, ¿no?

—Lo arreglaré, sí. Y ahora debemos seguir nuestro camino.

—Adiós y buena suerte —besó a Edna en ambas mejillas. Angus tuvo que agacharse para que ella pudiera alcanzarlo. Luego estrujó un poco más sus brazos—. Fuerte —dijo ella con aprecio.

Edna soltó una risita silenciosa. Era muy consciente de que otras mujeres consideraban apuesto a su marido, pero él era suyo y siempre lo sería.

* * *

A LA RECEPCIÓN de esa noche en el palacio asistieron muchas personalidades importantes, de acuerdo con lo que Edna pudo ver. Emilie estaba de pie junto al Conde Barbieri, la Reina Madre y su favorito, Concino Concini. Saludaron a sus invitados, quienes esperaban en fila para presentar sus felicitaciones a los prometidos.

Edna observó que Emilie parecía muy alejada mientras asentía y agradecía a aquellos que hablaban con ella. Su atención se centraba en algo o alguien al otro lado de la sala. Siguiendo su mirada, Edna vio cuál era su distracción. El hombre en el que se centraba la mirada de Emilie medía más de un metro ochenta, tenía una larga melena oscura suelta, una mandíbula fuerte y una nariz aguileña. En opinión de Edna, era bastante apuesto.

—Angus, creo que ese debe ser nuestro Robert. Deberías ir a hablar con él.

Angus se tomó un momento para localizar al hombre del que hablaba y luego se alejó de ella, dirigiéndose a través de la abarrotada sala hacia Robert MacMillan. Edna se dio cuenta de que Emilie y Robert se miraban con anhelo para luego apartar bruscamente la mirada cuando otra persona los felicitaba a ella y al Conde.

Cuando llegó el turno de Edna, saludó a Barbieri y a Emilie con sus felicitaciones.

—Estamos muy contentos de que haya podido venir —dijo Barbieri—. ¿Dónde está su marido? Me ha gustado conocerlo hoy y estaba deseando veros a las dos esta noche.

—Ha visto una tela escocesa al otro lado de la habitación y no ha podido resistirse a charlar con un compatriota de las Tierras Altas. Estoy segura de que no tardará en llegar —Edna señaló a Angus al otro lado de la habitación.

—No importa, hablaré con él cuando esté libre —Matteo miró a su prometida—. Los saludos se han prolongado demasiado. ¿Vamos? —ofreció su brazo a Emilie, quien se alejó con él.

—Hacen una pareja encantadora, ¿verdad? —dijo la Reina Madre mientras se unía a Edna.

—Ella es muy joven y él es un hombre demasiado maduro —respondió Edna. Se abstuvo deliberadamente de decir que era un anciano, aunque en su mente tenía cuarenta años más que Emilie.

María inclinó la cabeza, pareciendo sorprendida de que Edna pudiera estar en desacuerdo con ella.

Edna, quien no quería enemistarse con María, añadió rápidamente:

—Pero sí, lo son. Los dos son muy hermosos.

María sonrió.

—Me alegro de que pienses así. Nunca me equivoco en cuestiones de amor.

Yo tampoco. Edna se guardó ese pensamiento para sí misma.

—Dígame, Madame Campbell. ¿Está disfrutando de su estancia en París?

—Lo estoy haciendo. Mucho. Hace tiempo que Angus y yo queríamos venir de visita y, cuando surgió la oportunidad, estábamos extasiados —entendiendo que el camino al corazón de Marie era con cumplidos, Edna continuó—. Su palacio es el más hermoso que he visto y sus jardines son exquisitos. Angus y yo estábamos diciendo lo mucho que hemos disfrutado de nuestra estancia.

—¿Te he presentado a Concino? —preguntó María, haciéndole una seña para que se uniera a ellas—. Es un buen amigo de Matteo.

Concino hizo una ligera reverencia en dirección a Edna.

—Concino Concini, esta es Madame Edna Campbell de Escocia.

—Es un placer conocerla. ¿De qué parte de Escocia es usted?

—Edimburgo —dijo Edna, sonriendo cálidamente—. ¿Has ido alguna vez?

—No. Aunque espero ir algún día —él miró a María.

—¿Por qué ibas a querer ir? Madame Campbell acaba de decirme que este es el palacio más hermoso que ha visto.

Concini levantó una ceja hacia María.

—Si me disculpáis —las dejó y se alejó hacia un grupo de caballeros que se habían reunido y parecían mantener una conversación muy animada. Desafortunadamente, estaban lo bastante lejos como para que no fuera posible oír lo que estaban discutiendo.

María se alejó en otra dirección con un movimiento de cabeza y sin decir nada más, dejando a Edna sola y preguntándose de qué iba todo aquello.

—Es bastante hermosa, ¿no te parece? —dijo Angus, refiriéndose a Emilie

—Sí —Robert MacMillan parecía un muchacho muy enamorado. Aunque estaba rodeado de otros Highlanders, era como si estuviera en una isla solo y a la deriva en un mar de gente. Parecía que su única atención estaba puesta en la joven que se encontraba al otro lado de la habitación y que, sin embargo, parecía estar a un millón de kilómetros de distancia.

Angus observó con atención a Robert, quien parecía apartar la mirada de Emilie y Matteo a regañadientes.

—Si yo fuera un hombre joven y soltero como tú, podría estar tentado de perseguirla —su tarea consistía en conocer a Robert y sus sentimientos por Emilie. Robert no le estaba dando mucho más que miradas anhelantes hacia Emilie. A pesar de ello, Angus pensó que había amor en esas miradas.

—Eso no sería posible —dijo Robert, poniendo fin a la conversación—. Es la hija de un Conde. Yo soy un soldado.

Angus no lo presionaría para que hablara más de Emilie. Eso llegaría, pero este no era el momento ni el lugar.

—Robert, tengo entendido que eres uno de los guardias del joven rey.

—Lo soy —se volvió de mala gana hacia Angus.

Era difícil saber si Robert deseaba seguir hablando con él. Su atención iba de un lado a otro entre Emilie y Angus, pero Angus sabía que tenía que conseguir que Robert confiara en él. Y por eso continuó.

—¿Qué implica eso?

—Es un muchacho joven, así que gran parte de mi tiempo lo paso asegurándome de que no se meta en problemas.

—¿Lo disfrutas?

Robert asintió.

—Puede ser un desafío, pero disfruto mi tiempo con él. No soy su madre, así que no puedo evitar que haga lo que quiera, pero atiende a razones.

—Habiendo sido yo mismo un jovencito, tienes mi compasión —Angus se rio y se alegró cuando Robert se unió a él.

—Le gusta montar a caballo. Visitamos los establos casi a diario, deberíais acompañarnos —sugirió Robert.

—Eso me gustaría —Angus quería ayudar Edna, y hacerse amigo de Robert era un buen comienzo.

Robert pareció feliz ante la respuesta.

—No tengo ninguna duda de que a Luis le gustaría conocerte. Es un muchacho curioso. Seguro que tendrá muchas preguntas para ti.

—Estoy deseando responderlas. Desafortunadamente, no tengo un caballo conmigo.

—Eso no es un problema —dijo Robert—. Hay muchos para elegir en el establo. Tendré uno ensillado y listo para cuando llegues.

—Gracias. Es muy amable de tu parte.

La mirada de Robert se deslizó hacia Emilie, quien ahora era conducida por Matteo por la habitación.

—No puedes dejar de mirarla —observó Angus.

—Como has dicho, es hermosa. Parece que no puedo evitarlo —admitió Robert.

—Si ocurriera un milagro y pudieras estar con ella, ¿lo estarías? —Angus ya sabía la respuesta a esta pregunta, pero quería escuchar lo que Robert diría.

—Haría falta un milagro, señor, pero sí —Robert parecía reacio a apartar la mirada de Emilie, pero miró a Angus, prestándole toda su atención.

—Has pasado tiempo con ella, ¿no?

Robert se puso rígido y miró a Angus con desconfianza.

—¿Por qué preguntas eso?

—Quiero ayudar, si es posible.

—Respondiendo a tu pregunta, sí. Ahora que está comprometida, eso se acabará —su voz se suavizó y se hizo apenas audible—. Me encargaré de ello.

Angus sintió el dolor del muchacho. Si no pudiera estar con Edna, no estaba seguro de lo que haría.

—Lamento escucharlo. Siempre estoy a favor del amor.

—¿Estás casado?

—Mi mujer está justo ahí —Angus señaló a Edna con orgullo—. La amo con todo mi corazón y mi alma.

—Entonces eres un hombre afortunado —dijo Robert, siguiendo el dedo extendido de Angus.

—Estoy totalmente de acuerdo y deseo lo mismo para ti, muchacho.

—Gracias, pero no creo que el amor esté en mi futuro. He vislumbrado lo que es el amor y ahora, desgraciadamente, me lo están arrebatando.

Angus sintió la necesidad de darle al muchacho algo de esperanza. Edna podría darle algo más que esperanza, pero no ocurriría inmediatamente.

—La muchacha no desea este matrimonio. Debes saber eso.

—Puede que ella no lo desee, pero su padre y la Reina Madre están decididos a que se case con este viejo —había un poco de ira y resentimiento en la voz de Robert.

—Tampoco creo que *el viejo*, como lo has llamado, desee el matrimonio —Angus intentó no sentirse ofendido por las palabras de Robert. Comprendía la frustración del muchacho, pero como caballero mayor que él mismo era, esas palabras dolían. Angus, por supuesto, no era ni de lejos tan mayor como Matteo y, sin embargo, sentía una amistad protectora con su nuevo amigo.

Los ojos de Robert se iluminaron al escuchar esto.

—¿Cómo lo sabes?

—Él me lo dijo cuando hablamos antes —Angus miró a Matteo, quien estaba de pie con Emilie. Estaba atento a ella, pero como un abuelo lo estaría con su nieto—. Siento que ambos están siendo forzados a un matrimonio que ninguno quiere.

Resignado tal y como él estaba al resultado, Robert estaba haciendo un excelente trabajo para ocultar sus verdaderos sentimientos.

—De todas formas, no hay nada que se pueda hacer para detenerlo.

Angus sabía que siempre había algo que se podía hacer y que Edna haría lo que fuera necesario para lograrlo, pero, por el momento, se guardaría esa información.

Mientras Matteo y Emilie seguían saludando a los invitados en la recepción, se acercaban cada vez más a Robert y Angus.

—Debo irme —dijo Robert—. Reúnete conmigo en el establo mañana por la mañana. Estoy deseando cabalgar contigo —se apresuró a salir antes de que Angus pudiera responderle.

Angus se giró para buscar a Edna y se encontró de inmediato con Matteo y Emilie.

—Ahí estás —dijo Matteo. Una cálida sonrisa saludó a Angus como si fueran viejos amigos—. ¿Con quién estabas hablando?

—Robert MacMillan. Es un guardia del rey Luis —explicó Angus.

—Has hablado con él durante bastante tiempo —dijo Matteo.

A Angus le divirtió y confundió que Matteo lo hubiera estado observando y calculando el tiempo de conversación con Robert.

—Cuando se está con un compatriota escocés, siempre hay historias para contar. ¿Lo conoces?

—No. No nos conocemos. Emilie, ¿lo conoces? —preguntó Matteo.

Emilie pareció despertar de su malestar al escuchar esta pregunta.

—No. ¿Por qué habría de conocerlo?

—Él está aquí en el palacio, al igual que tú —la mirada de Matteo se posó en Emilie y se quedó allí.

Angus creyó oír un atisbo de sospecha en la pregunta del hombre mayor.

Emilie también lo sintió.

—Yo paso la mayor parte del tiempo con la Reina Madre. Rara vez tengo tiempo para reunirme con otros en el palacio.

—¿Habéis visto a Edna? —Angus decidió que sería una buena idea cambiar el enfoque de su conversación.

—Estaba allí hace un momento —dijo Emilie, mirando por encima de su hombro.

—La veo. ¿Me disculpáis? —preguntó Angus.

—Por supuesto —dijo Matteo.

—Disfrutad del resto de la celebración —Angus asintió a ambos y se dirigió directamente a Edna.

—¿Cómo ha ido tu charla con Robert? —preguntó Edna cuando llegó a su lado.

—Bien. Es obvio que es un hombre enamorado. Creo que se han estado viendo en secreto hasta este momento. Afirma que no volverá a verla ahora que está comprometida.

—Mmm… ¿Le crees?

—No puedo decir que sí, aunque sería mejor que no se vieran hasta que todo esto se solucione. Creo que Matteo puede sospechar de ellos.

—¿De verdad? ¿Por qué piensas eso? —preguntó Edna.

—Ninguna razón en particular. Es solo una sensación que tengo.

—Parece que Matteo te ha cogido cariño. Podría ser útil para nuestros propósitos.

—Él parece estar fuera de lugar aquí en el palacio. Sé que es amigo de la familia Médici y de los Concini, pero no creo que haya una verdadera amistad. Sin embargo, diré que me agrada el hombre. Es honesto y directo en su conversación. Lo siento por él.

—Esa es una de las cosas que me gustan de ti, Angus. Tienes un buen corazón.

—El hombre necesita un amigo y, mientras estemos en esta época, haré lo posible por ser su amigo —arrugó el ceño antes de volver a hablar—. Sin embargo, no puedo evitar preguntarme por qué ha aceptado este matrimonio. Está claro que preferiría permanecer sin el peso de una esposa.

—¿El peso de una esposa? —Edna le dirigió una mirada de reojo que indicaba que desaprobaba las palabras.

—Estoy hablando de Matteo, mi amor. Nunca me he sentido agobiado por ti, mi encantadora esposa.

—Será mejor que no te sientas así —bromeó Edna.

Angus puso los ojos en blanco ante su tontería.

—Estoy listo para irme. ¿Tú?

—Ciertamente.

—Voy a cabalgar con Robert y Luis mañana por la mañana. Necesitaré una buena noche de sueño.

—Gracias por ayudarme, amor —Edna rodeó su brazo con el suyo, acercándose lo más posible.

—No me tientes, muchacha. Te dije que necesitaba una buena noche de sueño —dijo Angus, sabiendo exactamente lo que Edna estaba haciendo.

CAPÍTULO 5

Un brillante corcel negro de un metro ochenta esperaba a Angus cuando se reunió con Robert en los establos.

—Qué belleza —dijo Angus. Examinó el caballo, pasando las manos por sus flancos—. ¿Estás seguro de que éste es para mí?

—Lo es.

—Hace tiempo que no monto un caballo tan fino como éste —continuó Angus. El caballo tenía una crin y una cola que brillaban como el cristal a la luz del sol y caían casi hasta el suelo. Perfectamente acicalado y entrenado, sería un privilegio montar un caballo tan fino.

Robert subió a su caballo, un gran gris de la misma estatura. Angus se unió a Robert mientras evaluaba la silla de montar de cuero fino y las riendas que utilizaría.

—Su Majestad se unirá a nosotros en breve —dijo Robert.

Cabalgaron por la pista situada junto a los establos. Angus encontró una sensación de relajación y paz mientras cabalgaba. El caballo respondía muy bien a sus órdenes y se movía con facilidad al trote largo junto a Robert y su caballo. Llevaba siglos sin cabalgar por puro placer. Siguió las indicaciones de Robert mientras cabalgaban en sincronía.

—¡Hermoso! —el rey Luis XIII había llegado sin fanfarria. Su caballo, de un blanco brillante, tenía la misma estatura regia que los montados por Robert y Angus—. Dejad que lo haga entrar en calor y me reuniré con vosotros.

—Por supuesto, señor —dijo Robert.

—Robert, ya te lo he dicho antes. Llámame por mi nombre, por favor.

—Luis —dijo Robert mientras su boca se curvaba en una media sonrisa.

—¿Quién es este? —preguntó Luis, señalando a Angus.

—Angus Campbell, a su servicio.

Luis era exactamente como Angus lo había imaginado. Un adolescente vestido con las mejores prendas de seda azul pálido y raso bordado con hilo de oro. Su jubón estaba decorado con cintas ornamentales enrolladas en forma de flores en la cintura. Piezas con etiquetas se extendían por debajo de su cintura mientras se eran atadas con una amplia cinta de raso. Llevaba una capa a juego que colgaba holgadamente sobre un hombro, cubriendo su brazo. Estaba atada sobre el pecho, manteniéndola en su sitio. El forro era de una tela estampada a juego que pretendía llamar la atención. Los pantalones bombachos estaban atados por debajo de la rodilla con más cinta. Las botas de Luis tenían dobladillos en la parte superior y llevaba espuelas sujetas por encima del tacón. Su cabello era largo y rizado a la moda del momento.

—Vienes de visita desde Escocia. ¿Eres el tío de Robert? —preguntó Luis, pareciendo realmente interesado.

—No. Nos conocimos ayer. Somos compatriotas y por eso tenemos un vínculo en ese sentido —explicó Angus.

Luis asintió mientras llevaba su caballo al trote y luego al galope. Cuando frenó junto a Angus, dijo:

—Encantado de conocerte. ¿Y si los tres hacemos bailar a nuestros caballos?

—Me temo que no soy tan experto como Su Majestad en las artes ecuestres.

Luis aceptó esto con una sonrisa de complicidad.

—Entonces, te enseñaremos. Observa y luego únete a nosotros.

Robert y Luis montaron sus caballos uno al lado del otro en un *pas de deux*. La hermosa fluidez de los movimientos era impresionante. Cuanto más miraba, más deseaba intentarlo él mismo.

Los caballos se detuvieron a su lado.

—¿Estás listo? —preguntó Robert.

—Sí. Estoy ansioso por intentarlo —Angus era un jinete experimentado, pero montaba para viajar de un lugar a otro o, cuando había sido joven, para la batalla. Esto era algo completamente nuevo para él y se preguntaba si estaba preparado para el reto que suponía.

No tuvo por qué preocuparse. Su caballo estaba bien entrenado y se movía sin apenas intervención de Angus.

—Necesitamos música —dijo Luis, mirando a su alrededor—. ¿Dónde están mis músicos?

—No han venido esta mañana —dijo Robert.

La cara de Louis se transformó de un mohín decepcionado a una sonrisa traviesa.

—Tal vez puedas cantar, Robert.

Robert se rio.

—No quiero asustar a los caballos.

A Angus le resultaba evidente que Louis y Robert tenían una buena relación. Cotorreaban de un lado a otro, bromeando y riendo. Angus no era inmune a sus burlas. En más de una ocasión fue objeto de las burlas de Luis, pero no se ofendió. Todo estaba hecho con buen humor, y apreciaba el hecho de ser aceptado nada menos que por el propio rey. Después de haber practicado varias veces su *pas de deux*, salieron de la arena y recorrieron los pasillos del jardín a un ritmo solemne.

Luis se volvió hacia Angus.

—¿Qué opinas de un hombre que ama a una mujer pero no se lo dice?

—Depende de las circunstancias —dijo Angus, ligeramente sorprendido por la pregunta.

Luis se acomodó en la silla de montar y revisó su postura hasta conseguir una línea más perfecta.

—Las circunstancias son que él no cree ser lo suficientemente bueno para ella.

—Luis… —intentó interrumpir Robert.

—Y por eso la observa desde lejos —terminó Louis.

—Bueno, creo que debería arriesgarse y decirle lo que siente. Puede que se sorprenda al descubrir que ella siente lo mismo —respondió Angus. Estaba encantado con Luis. Era evidente que el joven tenía opiniones sobre todo. El hecho de que se preocupara tanto por la vida amorosa de Robert demostraba su gran afecto por él.

—Eso es lo que le he dicho —Luis miró a Robert.

—¿Estamos hablando de Robert? —preguntó Angus, sabiendo muy bien que lo hacían.

—Sí.

—Luis, ya sabes que ella se va a casar con Barbieri —dijo Robert, con evidente exasperación.

—Es lo suficientemente mayor como para ser su abuelo —protestó Luis.

—Sin embargo, tu madre es la que ha concertado el matrimonio —parecía que Robert pensaba que eso pondría fin al tema.

—Puedo hablar con ella. Me escuchará —continuó Luis.

—¿Y qué hay del padre de ella, el Conde? —preguntó Robert—. ¿Hablarás con él también?

—Él hará todo lo que mi madre le diga —Luis parecía bastante satisfecho de sí mismo.

La voz de Robert se volvió seria.

—Emilie se merece más de lo que yo tengo para ofrecerle.

—Angus, ¿qué opinas? —preguntó Luis.

—Creo que el amor tiene una extraña manera de encontrar a quienes más lo necesitan.

—Robert lo necesita —dijo Luis.

—Entonces lo tendrá —le aseguró Angus.

—Bien.

La magia por sí sola no resolvería el problema de Emilie y Robert, por lo que Angus se alegró de que el joven rey fuera un defensor de ellos ante su madre. Si ella lo escucharía o no, bueno, esa era otra cuestión. Sin embargo, era una noticia optimista que él compartiría con Edna.

Cabalgaron de regreso al establo, donde fueron recibidos por un séquito de personas que esperaban a Luis. Desmontó, dejando su caballo para que Robert lo desensillara y lo guardara, y luego se alejó seguido por aquellos que lo esperaban para prestarle demasiada atención mientras regresaban al palacio.

—Es todo un personaje —observó Angus—. Me agrada.

Robert cogió cada una de las monturas, limpiando la suya y la de Luis. Angus limpió la suya y luego secaron a los caballos antes de guardarlos en sus establos y dejarles a cada uno un balde de avena.

—Gracias por permitirme acompañaros —dijo Angus.

—Ha sido un placer tenerte con nosotros. Sé que Luis ha disfrutado de tu compañía, al igual que yo.

—Me alegra oírlo.

—¿Comemos algo? —preguntó Robert.

—Eso me gustaría —Angus lo siguió hacia la cocina del palacio donde disfrutarían de una buena comida y un buen vino.

* * *

Mientras Angus estaba ocupado con Robert, Edna pasó a saludar a Emilie. Caminaron por las calles de París, disfrutando del buen día soleado que les había tocado. Los vendedores a lo largo de su camino ofrecían todo tipo de productos, desde comida y bebida, hasta finas prendas de vestir, pernos de tela y artículos para el hogar.

Se detuvieron en una pequeña tienda de libros. A Edna le encantaba ver los volúmenes de libros nuevos junto a otros más antiguos y queridos, con las encuadernaciones desgastadas y las páginas rotas. Pensó en volver y comprar algo para llevar a casa, pero eso podía esperar. Había cosas más importantes para ella.

—Emilie, háblame de Robert —dijo Edna. Quería estar segura de que el suyo era un amor que Edna debía ver realizado.

La joven se sonrojó y se llevó una mano a la mejilla como para refrescarla.

Edna la cogió del brazo y volvieron a la calle.

—Es el hombre más maravilloso que he conocido. Es apuesto, amable, generoso y... —no continuó.

Edna lo entendía. Él significaba todo para Emilie.

—¿Has tenido la oportunidad de hablar con él?

—Muchas veces en el pasado. Hemos paseado juntos por el jardín. Me ha traído hermosas flores y me ha hablado de una manera que hace que mi corazón lata más rápido y mi cabeza dé vueltas.

—¿Qué ha pasado para que esto termine? —preguntó Edna. Creía saberlo, pero quería escucharlo de Emilie.

El alegre rubor desapareció de sus mejillas:

—Mi padre decidió que era el momento de casarme. Habló con Su Alteza y concertaron un matrimonio con Matteo.

—Sé que no deseas casarte con él —Edna miró a la ahora entristecida Emilie—. Lo siento. No quiero molestarte. Puedo ver lo difícil que es esto para ti.

—No es mi decisión, aunque desearía que lo fuera —sus pestañas se agitaron mientras apartaba la mirada de Edna.

Lo que Edna iba a decir no iba a ser lo que ella quería decir ni lo que Emilie quería escuchar.

—Debo pedirte que sigas aceptando este matrimonio.

Emilie se llevó la mano al vientre, evidentemente angustiada por lo que acababa de escuchar.

Edna le cogió la mano y la miró a los ojos.

—No tienes que estar feliz por ello, pero te prometo que estoy aquí para ayudarte. No te casarás con Barbieri, de eso estoy segura —en realidad, no lo estaba, pero su historial de unir parejas felices era bueno. Algunos podrían decir que era excelente, pero esta situación era diferente. Ella no había emparejado a estos dos. Se habían emparejado a sí mismos y las circunstancias estaban impidiéndoles estar juntos. Edna haría todo lo posible para arreglar esta situación para ellos. Solo el tiempo diría si funcionaría como ella espera. Mientras tanto, sería importante que Emilie continuara con la treta—. ¿Crees que puedes hacerlo?

—Si significa una vida con Robert, puedo hacer cualquier cosa —sus labios se curvaron ligeramente en una tímida sonrisa.

—Bien —la nariz de Edna se dirigió a una pequeña panadería—. Mmm… Me encanta el olor del pan recién horneado.

—¿Compramos un poco? —preguntó Emilie. Al parecer, la idea de comer una buena barra de pan la llenaba de alegría, porque ahora estaba radiante de felicidad.

Edna entró en la pequeña tienda y echó un vistazo a los diferentes panes.

—¿Cuál es el mejor? —preguntó, mirando a Emilie.

—*Pain mollet* —señaló los pequeños panes redondos apilados unos contra otros.

—Queremos dos, por favor.

El encargado de la tienda les dio dos panes pequeños y Edna le pagó con monedas de su bolso. Una vez fuera, partió un trozo del pan y se lo llevó a la boca, sorprendida del buen sabor que tenía. Estaba salado, pero no demasiado. El interior era suave y esponjoso y, en conjunto, muy sabroso. Como ventaja adicional, todavía estaba caliente del horno.

—¿Te gusta? —preguntó Emilie.

Edna se cubrió la boca antes de hablar.

—Mucho.

—¿Comes pan en tu época? —Emilie se llevó a la boca un delicado bocado de pan.

—Sí que lo hago. Hay muchas variedades diferentes, pero no he probado algo como esto.

Siguieron caminando, disfrutando cada una de su pequeña barra de pan. Cuando llegaron al río y avanzaron por sus orillas, Edna notó que Emilie se acercaba más y con un tono casi de susurro dijo:

—Háblame del futuro.

—¿Qué te gustaría saber? Hay mucho para contar —Edna estaba feliz de que su anterior conversación hubiera quedado en el pasado y que Emilie pareciera más animada en sus palabras y acciones.

—Todo. Deseo saberlo todo.

—Está lleno de cosas maravillosas que te asombrarían. Hay una caja que puedes sostener en la mano y que contiene miles, no millones de libros. Hablar con gente que está lejos es posible con algo llamado teléfono. Hay demasiadas cosas. Tardaría horas en explicártelas todas.

—¿Y la gente sigue siendo la misma?

—Creo que eso es lo que pensarías —Edna había asistido a muchas personas a lo largo de los últimos cientos de años y, aunque muchas cosas habían cambiado, había ciertas cosas que se mantenían sin importar el año en el calendario—. Se visten de forma diferente y hablan de forma diferente, pero en el fondo son lo mismo. Ríen, lloran, aman.

—Me gustaría ver tu época.

Esto sorprendió a Edna, pero se dio cuenta de que podría ser la solución a sus problemas.

—Podría hacer que suceda si eso es lo que realmente quieres.

—No lo sé. No puedo abandonar a mi padre. Está solo. Soy su única hija —explicó Emilie.

—Ya veo. La familia es importante. Debes quedarte por él —separar a alguien de su familia nunca había sido algo que Edna quisiera hacer. A veces era necesario, pero pensaba que era el último recurso.

—¿Algún día? —preguntó Emilie.

—Cuando vuelva a mi época, puede que eso ya no te sea posible.

Emilie pareció decepcionada, pero preguntó:

—¿Alguna vez has enviado a alguien al futuro desde esta época?

—No desde este año, pero he enviado a hombres y mujeres a través del tiempo en más de una ocasión.

—¿Tenían miedo? —los ojos de Emilie se abrieron de par en par por la curiosidad.

—Quizá al principio, pero siempre viajaban por amor y eso les facilitaba el viaje.

Emilie hizo pequeños ruidos de confirmación, pareciendo satisfecha con las respuestas de Edna.

—¿Volvemos al palacio?

Un suspiro resignado escapó de los labios de Emilie.

—Eso creo.

A Edna le resultaba difícil ver la tristeza de Emilie por tener que vivir la vida a la que había sido obligada. Como con todas las jóvenes a las que había ayudado, Edna tenía un fuerte instinto maternal. Siempre se había sentido protectora de aquellos a los que acogía bajo su ala, y a Emilie le beneficiaba tener a Edna a su lado.

El camino de regreso al palacio fue tranquilo. Emilie miraba de vez en cuando a Edna y le dedicaba una sonrisa fugaz. Esto solo reforzó la determinación de Edna. Tenía que hacer que esto funcionara, no solo por Emilie y Robert, sino por su propia posición ante el consejo. ¿Qué pensarían si volviera derrotada?

* * *

—Lady Edna, venga a caminar conmigo en el jardín —María de Médici se levantó de su trono cuando Emilie y Edna entraron en la habitación. Sus damas se apresuraron a asumir el control de la elaborada falda de su vestido, asegurándose de que quedara extendida detrás de ella. Dos de ellas la siguieron por detrás con el único propósito de mantener la falda de María bajo control.

—Por supuesto —Edna se unió a ella cuando dejaron atrás a Emilie y se aventuraron en el hermoso jardín. No hubo ayuda para Edna mientras su pesada falda se arrastraba por el suelo dejando un rastro en el camino cubierto de grava. Su salida con Emilie había sido bastante agotadora con las capas de ropa que no estaba acostumbrada a llevar. Tenía calor y lo último que quería hacer era caminar más.

—¿Cómo ha ido el paseo con Emilie?

—Muy agradable. He disfrutado hablando con ella. Es una joven encantadora.

—Estoy de acuerdo, y también lo es el Conde Barbieri —María se detuvo a oler una hermosa rosa blanca en el camino.

—¿Qué edad tiene él?

—¿Crees que es demasiado mayor para Emilie? —el tono de María indicaba desaprobación ante la pregunta de Edna.

No estaba familiarizada con las reglas para hablar con la realeza, pero sabía que María tenía fama de ser volátil y Edna comprendía que ir demasiado lejos podría hacer que la expulsaran de la corte. Ella no podía permitirse eso, así que procedió con cautela.

—No, en absoluto. Solo que Emilie es muy joven. Ya sabes cómo son las mujeres jóvenes con respecto al amor y el romance. Estoy segura de que estará triste por perder una oportunidad de amor verdadero.

—El amor verdadero solo conduce al dolor. Emilie me ha hablado de su amor por Robert MacMillan. Él es un soldado. Un matrimonio entre ellos simplemente no funcionaría. Yo lo enviaría lejos de la corte para salvarla de sus anhelos por él, pero mi hijo está muy apegado a él.

—¿No sería maravilloso que nos permitieran casarnos por amor? —preguntó Edna, curiosa por escuchar los pensamientos de María sobre el tema.

—El matrimonio es un acuerdo comercial. No se trata de amor —miró intencionadamente a Edna—. Emilie es hija de un conde, así que Barbieri es la pareja ideal para ella.

Edna no tenía ninguna respuesta que no hiciera enfadar a María. Parecía que el tema ya no estaba abierto a discusión… si alguna vez lo había estado.

—Tu jardín se ve glorioso hoy.

Este tema pareció complacer a María.

—El sol y el calor le dan felicidad.

—A mí me pasa lo mismo —Edna se rio y se alegró cuando María se unió a ella.

—He oído que suele hacer frío en Escocia.

—Estoy acostumbrada a ello, pero es agradable estar aquí disfrutando del agradable clima —días cálidos y tardes más frescas eran perfectos en la mente de Edna.

—¿Eres de Edimburgo?

—Sí. Queríamos estar cerca del rey cuando está en el castillo —mintió Edna.

—¿Cómo es él?

Edna no había estado esperando esa pregunta. Tendría que encontrar una respuesta que apaciguara a María.

—Es el rey, qué más puedo decir.

María ya no estaba escuchando. Había visto a Concino Concini al otro lado del jardín, haciéndole señas para que se uniera a ellas.

—Madame Campbell —dijo él a modo de saludo.

—Señor —Edna no estaba segura de querer seguir caminando con ellos, pero María le facilitó las cosas.

—Ha sido esclarecedor hablar con usted, Lady Edna —y se fue con Concini, dejando a Edna donde estaba de pie. Una vez que estuvieron fuera del alcance de sus oídos, Edna no pudo evitar reírse. No había tenido ni idea de por qué María había querido pasear con ella, y creía que tal vez había habido una razón diferente todo el tiempo. Pensó que ella había querido hablar de Emilie, pero esa conversación terminó tan rápido como empezó, y Edna se dio cuenta de que solo había sido un peón en el plan de María para reunirse con Concini en privado en el jardín.

Edna se sentó en un banco de piedra. Le dolían los pies por los zapatos poco cómodos que se veía obligada a llevar, y el corsé que Angus le había ajustado con maestría le dejaba poco espacio para respirar profundamente. No podía esperar a volver a su habitación en la posada, pero se sentaría por un momento e intentaría refrescarse. Disfrutó de la suave brisa que corría entre los árboles y arbustos cercanos. Los pájaros despertaron de su descanso entre las ramas y las hojas y se quejaron con fuerza al salir de sus escondites para emprender el vuelo. Una pareja de palomas se posó en el camino frente a ella e, ignorando a Edna, picoteando el suelo aquí y allá. Nunca se alejaban la una de la otra y su presencia en el sendero era simbólica para Edna. Era una representación del amor eterno. Era el amor que ella deseaba para Emilie y Robert.

CAPÍTULO 6

En su búsqueda de Edna, Angus vio a Robert saliendo a toda prisa del palacio con un propósito. Pensó que debía seguirlo y ver a dónde iba con tanta prisa. Angus estaba a punto de doblar la curva que lo llevaría fuera del patio a través de las puertas y hacia el camino, pero fue detenido en su camino por la visión de Robert y Emilie, atrapados en un beso apasionado y apenas ocultos detrás de algunos árboles frondosos. El amor juvenil no se negaría, pero podría detenerse repentinamente si no tenían cuidado.

—Lord Campbell —Matteo Barbieri se acercó a él por detrás.

—Matteo —dijo Angus, volviéndose rápidamente y bloqueando su camino hacia adelante—. ¿Cómo estás en este hermoso día?

—Te he visto venir deprisa hacia aquí. ¿Ocurre algo? —preguntó Barbieri.

—No. No, en absoluto. Estaba intentando encontrar a mi esposa. ¿La has visto? —preguntó Angus, con la esperanza de evitar que Barbieri se dirigiera más hacia Emilie y Robert.

—No hace mucho que estaba en el jardín con María.

—Pensé que podría haber vuelto a la posada sin decírmelo —Angus se rio.

—¿Esto es lo que me espera cuando me case? —preguntó Matteo.

—Emilie parece ser una joven muy dulce. Dudo que te cause alguna preocupación —*siempre y cuando no te asomes por la esquina*—. ¿A dónde ibas cuando me viste?

—No tenía ningún destino en mente. Pensé que tal vez podría unirme a ti.

—Yo tampoco voy a ninguna parte ahora que sé dónde está Edna —tuvo que evitar que Barbieri atravesara la puerta—. ¿Deberíamos unirnos a ellas en el jardín? —girándolo por el codo, buscó un tema de conversación—. ¿Te sientes mejor sobre tu futuro matrimonio?

Por suerte, ahora se alejaban de la puerta y de la imagen que seguramente haría estallar el infierno en el palacio si Barbieri hubiera continuado por ese camino.

—Sí. Cuanto más lo pienso, más me doy cuenta de que Mademoiselle Toussaint traerá consigo una dote que se sumará a mi propia riqueza. Es la única razón que veo para que este matrimonio siga adelante.

—Eres todo un romántico —dijo Angus en voz baja.

—Lo siento. No he oído lo que has dicho —Matteo se inclinó más cerca en un aparente esfuerzo por escuchar mejor.

—Nada importante, señor. Solo te deseaba mucha felicidad.

—Gracias. No estoy seguro de cuánta felicidad me traerá una esposa, pero mientras no me cause miseria, todo estará bien —se rio mientras le daba una palmadita en la espalda a Angus.

Angus no podía creer lo tacaño que era Matteo. Pobre Emilie. Esperaba que Edna tuviera éxito en cambiar su destino.

* * *

—Robert, tenía que verte —Emilie apoyó la cabeza en el pecho de Robert y se relajó en el calor de su cuerpo. Sus brazos la estrecharon. Le había enviado un mensaje urgente para que se reuniera con ella bajo los árboles más allá de la puerta del palacio. Emilie sabía que era arriesgado, pero la conversación con Edna la había llenado de esperanza y deseaba compartirla con él. Ver a Robert y sentirse tan cerca de la fuerza muscular de su pecho y sus brazos era egoísta, pero no podía evitarlo. Este pequeño placer la mantendría mientras esperaba que Edna hiciera realidad su deseo.

—Pensaba que estabas en peligro —respondió Robert mientras le acariciaba el pelo.

—Lo siento. No quería preocuparte, pero ¿habrías venido de otra manera? —sus dedos jugaron con los bordes del cuello de su camisa.

—No. Te amo, Emilie. Mi corazón se rompe en pedazos cada vez que te veo. Abrazarte así, besar tus labios… no puedo volver a hacerlo. Cada vez que estamos juntos solo me hace desearte más, pero no puedo tenerte. Perteneces a otro hombre y debo aceptar que no estaremos juntos.

—No pertenezco a nadie —Emilie se mostró desafiante, levantando la voz para dejar claro su punto—. No me casaré con Barbieri. Madame Campbell me ayudará. Ella me lo ha dicho.

Él negó con la cabeza.

—Nadie puede ayudarnos. La Reina Madre ha tomado una decisión, al igual que tu padre. Si yo pudiera cambiar el resultado, lo haría —cogió su cara, mirándola a los ojos—. Eres la única mujer para mí, lo sabes. No deseo a ninguna otra.

—¿Por qué dices que nadie puede ayudarnos? Ya lo verás. Estaremos juntos. Por ahora, debo seguir con los planes de matrimonio, pero al final no habrá matrimonio. Lo sé —estaba segura de que su deseo sobre la luna había hecho esto.

—Madame Campbell es la esposa de Angus, ¿no? —preguntó Robert.

Emilie asintió.

—No debería mentirte como lo ha hecho —sonaba enfadado.

—Ella no está mintiendo —Emilie sintió la necesidad de defender a la mujer que pondría fin a esta pesadilla que estaba viviendo—. He pedido un deseo en la luna y Edna ha llegado para ayudarme —inclinándose hacia atrás, Emilie lo miró—. Robert, ¿y si pudiéramos huir a una época y a un lugar lejos de aquí? ¿Irías conmigo?

—Si creyera que eso nos serviría de algo, lo haría. Te buscarían y, cuando nos encontraran, nos traerían aquí. Vivir la vida huyendo no es la vida para ti. Te merecéis mucho más —Robert acarició la mejilla de Emilie con su mano—. Mi amor. La esperanza es inútil en lo que a nosotros respecta. Debemos poner fin a estos encuentros.

Emilie no podía creer lo que él estaba diciendo. El corazón le dolía con sus palabras.

—No me hables de amor. Si me descartas tan fácilmente, no puedes haberme amado desde el principio —cegada por las lágrimas, Emilie le apartó los brazos y corrió lo más rápido que pudo hasta su habitación, donde sollozó entre las almohadas y deseó no haber dicho las cosas que dijo. Sabía que Robert la amaba, pero Emilie no podía entender por qué se rendía tan fácilmente. Él no creía en la llegada de Edna para ayudarlos a través de su deseo hacia la luna. Si no lo hubiera experimentado ella misma, quizás tampoco lo creería. ¿Cuánto tiempo más podía seguir con esta farsa? Si Emilie quería tener su amor al final, tendría que continuar con esto. ¿Qué otra opción había?

El dolor en el pecho de Robert estaba más allá de todo lo que había experimentado en su vida. Se preguntó si así se sentía un corazón roto. No deseaba herir a Emilie, pero no podía entender por qué ella persistía en creer que alguna vez estarían juntos. El amor no estaba previsto para ellos y, sin embargo, no podía dejar de amarla. Esa era la causa de su dolor. Era un dolor que cargaría durante toda su vida sin ella.

Al coger su caballo del establo, Robert estaba a punto de cabalgar solo cuando llegó Luis.

—Robert, ¿a dónde vas? —indicó a sus sirvientes que prepararan su caballo.

—Necesito alejarme. Necesito tiempo para pensar —estaba a punto de irse, pero Luis continuó hablándole.

—Entonces, no te importará que me una a ti —hizo un gesto a los mozos de cuadra que estaban cerca y se pusieron en acción.

No podía decirle a Luis que quería estar solo y que no deseaba su compañía. Era algo que no se le decía a un rey, y por eso dijo:

—Por supuesto que no.

En pocos minutos, el caballo fue ensillado y llevado ante el rey.

—¿Te molesta algo? —Luis montó en su corcel—. Espera. No me lo digas hasta que estemos en camino. ¿A dónde vamos?

—Iba a cabalgar por las orillas del río.

El caballo de Robert comenzó a avanzar y Luis lo alcanzó para cabalgar a su lado.

—Dime qué te preocupa.

Era una orden. A Robert no le importaba hablar con Luis de lo que le preocupaba. Para tener solo trece años, el muchacho era bastante culto. Eso era algo bueno porque pronto sustituiría a su madre en el reinado.

—¿Es Emilie?

—Sí. Se niega a creer que no podemos estar juntos —admitió Robert.

—Yo también me niego a creerlo —Luis sonó indignado hacia su amigo.

—¿Qué sabes del amor, Luis? ¿Has estado alguna vez enamorado? —Robert no podía creer que estuviera recibiendo consejos de Luis sobre el romance.

—No, no lo he estado y no sé mucho sobre el amor, pero sí sé que cuando miras a Emilie puedo ver algo diferente ahí. Robert el guerrero y Robert mi guardia se desvanecen para ser reemplazados por un hombre mucho más suave —era toda una observación para alguien tan joven.

—No creo que eso sea cierto.

—Mi sabiduría va más allá de mi edad, como me dices a menudo. No estoy cuestionando tu fuerza. Sé lo que veo. También sé que ella te mira de la misma manera. Cualquier otro presente desaparece de la vista cuando tienes esa mirada.

Robert no habló. Luis tenía razón. No había hecho un buen trabajo ocultando sus sentimientos.

—Hablaré con mi madre —la nariz de Luis se inclinó hacia arriba mostrando el orgullo que sentía por ayudar a Robert—. Ella me escuchará.

—Por favor, no lo hagas —Robert estaba exasperado por todo este asunto. Quería que todo terminara, y temía que hablar con la Reina Madre solo le causaría problemas a Emilie.

Luis bajó la cabeza y, arrugando el ceño, se volvió para mirar a Robert.

—¿Por qué? No está de más hacerle saber que está rompiendo el corazón de alguien que es muy importante para mí.

—No puedo detenerte, pero no la harás cambiar de opinión. Estoy seguro de ello —era imposible discutir con Luis cuando había tomado una decisión. Simplemente no tenía sentido hacerlo ahora.

—Debes seguir viéndote con Emilie. Prefiero a un Robert feliz que al Robert silencioso con el que estoy cabalgando.

—Ver a Emilie es lo que ha provocado este estado de ánimo, y ha sido el motivo de esta cabalgata.

Luis parecía estar reflexionando sobre esto y durante un rato cabalgaron en silencio.

—¿Una carrera hacia los árboles que hay más adelante, cerca de la curva del río? —preguntó Luis. Una sonrisa pícara se dibujó en su rostro y, antes de que Robert pudiera responder, el muchacho movió su caballo a un trote fluido y luego al galope. La larga y rizada cabellera de Luis fluía libremente detrás de él mientras instaba a su caballo a moverse más rápido.

Robert podía alcanzarlo y adelantarlo, pero no era buena idea ganarle al rey en nada. Luis esperaba ganar y Robert se lo permitiría. Sin embargo, necesitaba al menos alcanzarle para que el muchacho creyera que había ganado limpiamente y también para que pudiera garantizar su seguridad.

Estrujó las piernas e impulsó a su caballo al galope, reteniéndolo lo suficiente para que no pasara a Luis.

Luis llegó a la curva del río justo antes que Robert. Lanzó un fuerte grito, declarando la victoria. Robert no pudo evitar reírse.

—Has ganado una vez más, Luis. ¿Seré capaz de vencerte alguna vez?

—Si le das a tu caballo las riendas y le permites correr como quiera, puede que lo consigas.

—La próxima vez —Robert giró su caballo hacia el palacio y Luis se unió a él, cabalgando a su lado.

—No hay nada que me guste más que montar rápido. Es emocionante, ¿no te parece? —Luis se inclinó hacia delante para acariciar el cuello de su caballo mientras lo elogiaba por su belleza, fuerza y velocidad.

—Libera la mente de cualquier pensamiento.

Luis inclinó la cabeza mientras miraba a Robert.

—Tienes razón. Eso sucede.

* * *

Edna observó cómo Angus atizaba el fuego en la chimenea. El clima había sido cálido durante los días que habían estado en París, pero el aire de la noche contenía una sensación de frío que impregnaba su habitación.

—¿Cómo ha estado tu día? —preguntó Edna.

—Informativo —Angus tocó un tronco errante, empujándolo en su lugar junto a los otros y manteniéndolo allí hasta que se ardió.

—¿Cómo es eso? —Edna colocó su capa en el borde de la cama.

Angus se apartó del fuego y se sentó en la cama.

—Por casualidad vi a Robert y a Emilie juntos.

—Oh —el ceño de Edna se arrugó con preocupación. Si María se enteraba de esto se enfadaría, y era bien sabido que podía ser impredecible.

—De haber sido vistos, habría sido un desastre —dijo Angus, coincidiendo con los pensamientos de Edna.

—Es cierto. Tendré que hablar con Emilie sobre eso.

—Sobre todo porque Matteo se dirigía directamente hacia ellos. Si yo no hubiera estado allí, él los habría visto juntos.

—Así que lo has distraído —Edna se sintió aliviada.

—Sí. Él quería compañía, así que lo acompañé y me habló del compromiso.

La pausa en la conversación se prolongó un poco más de lo que a

Edna le gustaba. No estaba segura de que Angus pensara continuar, y su impaciencia se hacía notar.

—Bueno, ¿me vas a contar lo que él ha dicho?

—Lo siento, amor. Solo estaba pensando. Desgraciadamente, parece que le está gustando la idea de casarse con Emilie. Está deseando añadir su dote a sus fondos.

—Entonces, es el dinero lo que le interesa —dijo Edna, sintiéndose algo reivindicada. Sabía que tenía que haber una razón por la que Matteo había aceptado este matrimonio.

—Ciertamente no es Emilie. Si pudiera tener el dinero sin la esposa, lo aceptaría con gusto —confirmó Angus.

—Si tan solo tuviéramos suficiente dinero para darle y que volviera a casa sin ella —refunfuñó Edna—. A falta de eso, yo tendría que usar mi magia, pero atrapar a Matteo a solas podría ser un reto, y sabes que podría ser peligroso para nosotros si me descubren.

—Debes tener cuidado, pero ¿cómo podemos superar la situación sin peligro?

—No lo sé. Estoy intentando entender las motivaciones de todos los involucrados, y la cosa no se ve bien —Edna se paró frente al fuego, sintiendo un repentino escalofrío—. Hoy he hablado con María y se muestra inflexible con respecto a la boda por todas las razones que hemos averiguado —hizo una lista, usando sus dedos para referirse a cada una de ellas—. Robert es un soldado. No pertenece a la misma clase social. El matrimonio es un contrato de negocios. No es necesario el amor. No le importa que Emilie sea una joven que necesita ser amada y que Matteo sea un viejo al que, como has averiguado hoy, solo le importa lo que la dote de Emilie pueda aportar al matrimonio. Esto es exasperante.

—Puedo ver el vapor que sale de tus orejas —Angus se rio.

—No es gracioso, Angus. ¿Cómo voy a hacer lo que he venido a hacer si no obtengo la cooperación de las autoridades? —ella se volvió para mirarlo, lanzando los brazos al aire en señal de frustración.

—Ven aquí, mi amor —Angus le tendió los brazos—.Quizás una noche en los brazos del hombre que te adora por encima de todo te ayude.

Edna se acercó felizmente a él y fue inmediatamente envuelta en su abrazo. Compartieron besos lentos e intensos, cada vez más ardientes.

Angus tiró a Edna a la cama junto a él.

—Mañana resolveremos los problemas del mundo. Esta noche es nuestra.

Edna no necesitó ser persuadida. Aclaró su mente y dejó que Angus hiciera su magia.

CAPÍTULO 7

A la mañana siguiente, Edna buscó a Emilie, quien estaba con María y las demás damas de la corte.

—¿Podemos hablar? —le susurró Edna, tocándole el hombro.

Emilie reconoció a Edna y luego miró a María, quien estaba ocupada con su modista. Asintió y siguió a Edna fuera de la habitación.

—¿Qué pasa?

Caminaron por un largo pasillo adornado con techos altos y murales pintados, pero Edna estaba demasiado preocupada por Emilie como para admirar cualquiera de las cosas hermosas por las que pasaron.

—He oído que ayer te reuniste con Robert.

—Lo hice —el estado de ánimo de Emilie era difícil de descifrar. No tenía la habitual entonación cuando el tema era Robert—. ¿Cómo lo has sabido?

—Tengo mis maneras. No salió bien, ¿verdad?

—No. Me ha dicho que no teníamos futuro. Que no deberíamos volver a vernos —Emilie parecía una mezcla de tristeza, enfado y resignación mientras hablaba.

—Ya veo —Edna iba a decirle lo mismo, pero Robert le había

ganado—. Casi os atrapan. Angus detuvo a Matteo antes de que se encontrara con vosotros dos.

—Desearía que él hubiera atrapado. Entonces tal vez no desearía casarse conmigo.

—No sería bueno para tu reputación, y de todos modos desearía casarse contigo porque está interesado en tu dote, que estoy segura que ha discutido con María y tu padre.

Emilie se detuvo y miró a Edna.

—Matteo no ha hablado con mi padre. María ha sido quien ha arreglado las cosas con él.

—¿De verdad? —preguntó Edna cuando empezaron a caminar de nuevo.

—Mi padre ha estado enfermo y no recibe visitas. Cuando se recupere, ellos se reunirán.

—¿Cuándo fue la última vez que viste a tu padre?

—Visitó el palacio hace un mes para hablar con la Reina Madre sobre el compromiso. Yo no tenía ni idea. Pensé que solo había venido a visitarme, como en otras ocasiones. A Su Alteza no le gusta que yo abandone la corte y por eso llevo años sin estar en casa. Cuando él me dijo que había aprobado el matrimonio, me enfadé y me fui antes de que él pudiera decir nada más. No lo he vuelto a ver desde entonces.

—Bueno, debemos remediar eso. No es bueno que te vayas sin verlo. Puede que sea el único, aparte de mí, que pueda ayudar.

Emilie se detuvo una vez más y se volvió hacia Edna.

—Si tienes poderes de bruja para ayudarme, ¿por qué no lo has hecho? —había una nota de acusación en su voz.

—Mi plan es ayudarte, pero me gustaría evaluar la situación completamente antes de usar mis poderes. Podría ser bastante peligroso para mí, al igual que lo ha sido para Madame DuBois darte la piedra que has usado para pedir un deseo a la luna. Lo entiendes, ¿verdad?

Emilie asintió, con los ojos bajos.

Edna le estrujó la mano para animarla. Comprendía que esto era difícil y quería que ella supiera que estaba de su lado.

—Lo siento. Estoy impaciente y tengo miedo de que no funcione y de que me case con Matteo y me vaya a Italia antes de que se pueda hacer algo para evitarlo. No volveré a ver a Robert.

—Querida, entiendo tu miedo e impaciencia, así que te pido que te alejes de Robert por el momento. Si lo ves al otro lado de la habitación, mira hacia otro lado. Nadie puede saber que aún estás enamorada de él —Edna la cogió del brazo—. Estaréis juntos muy pronto. Debes confiar en mí.

—¿Y si él deja de amarme? —preguntó Emilie. Su voz temblaba. Era obvio que estaba al borde de las lágrimas.

Edna se volvió hacia ella y levantó la barbilla de Emilie con la mano.

—¿Habéis oído el dicho, la ausencia refuerza el amor? —a juzgar por la expresión inexpresiva de su rostro, era muy posible que el dicho no se hubiera utilizado en esa época y que Emilie no lo hubiera oído antes—. Robert te ama ahora y para siempre. Te lo prometo —era una promesa que pensaba cumplir. Ella era Edna Campbell y reconocía el amor cuando lo veía—. Ahora, dibuja una sonrisa en esa bonita cara tuya y no dejes que te vean triste así nunca más.

La sonrisa de Emilie era poco entusiasta, pero Edna pensó que era lo suficientemente buena como para engañar a cualquiera que no se preocupara lo suficiente por conocer sus sentimientos. Por desgracia, eso incluía a María y a Matteo.

Angus estaba cerca cuando Luis se acercó a su madre. Estaba lo suficientemente cerca como para escuchar su conversación sin que se dieran cuenta, y no se sintió ni un poco culpable por escuchar a escondidas. Asintieron con la cabeza mientras pasaban junto a él y atravesaban el pasillo central del jardín. Angus los siguió, examinando las flores y los setos como si tuviera un gran interés por la botánica.

—Madre, estoy preocupado por mi guardia Robert. Es evidente que está enamorado de Emilie Toussaint y ella de él. No debes obligarla a casarse con Barbieri.

—Eso no es asunto tuyo.

—¿Por qué no iba a serlo? Si ya no fueras regente, yo tomaría estas decisiones.

—Es cierto, pero no lo eres y por eso me corresponde elegir un marido para Emilie —María apartó la mirada de Luis por un momento, pareciendo examinar el jardín.

—No es necesario que lo hagas.

—No. Sin embargo, es algo que deseo hacer y, como pronto descubrirás cuando seas rey, podemos hacer lo que queramos sin que nadie se oponga. Además, tengo mis razones. Emilie necesita un marido y Concini ha sugerido a Barbieri.

—No me importa Concini. ¿Por qué está interesado en el marido de Emilie Toussaint?

—Simplemente ha hecho una sugerencia y yo he estado de acuerdo en que él sería un buen partido. El padre de Emilie deseaba que ella se casara. Está enfermo y era importante para él verla casada con un hombre que la cuidara. Robert MacMillan no es ese hombre.

—Ella no ama a Barbieri.

—Por supuesto que no. Eres joven, hijo mío, e ignoras los sacrificios que deben hacer las mujeres en este mundo.

—Pronto tendré la edad suficiente para ser rey, y entiendo las formas de la corte mejor de lo que crees.

Angus se acercó un poco más. Pudo ver que Luis se estaba enfadando, pero era evidente que a María no le molestaba. De hecho, parecía ignorar las preocupaciones de su hijo.

—Hasta el día en que ocupes el trono y ya no me necesites, seguiré actuando como regente. Ningún argumento que puedas tener me hará cambiar de opinión —hizo una pausa por un momento, pareciendo pensar—. He estado pensando que lo mejor sería enviar a Robert de regreso a Escocia y conseguirte una nueva escolta.

Luis estalló al oír esto.

—No te atreverías. No lo permitiré.

—Entonces te sugiero que entiendas que nada de lo que puedas decir o hacer cambiará las cosas.

Luis se giró y se alejó, pasando por delante de Angus. Una mueca de enfado en su rostro expresaba la tumultuosa relación que mantenía con su madre. Angus continuó mirando las hojas verdes frente a él como si realmente le importara lo que estaba viendo.

—Tú, ahí —lo llamó María—. Eres el marido de Edna Campbell, ¿no es así?

Angus inclinó la cabeza hacia María.

—Angus Campbell, Su Alteza.

—¿Tienes un hijo? —parecía bastante perturbada al mirar más allá de él hacia la espalda de Luis mientras se marchaba.

—Hemos sido bendecidos con una hija, pero no, no tenemos un hijo.

—Entonces, considérate afortunado —resopló Marie.

—Puede que no sean hijos, pero además de nuestra hija, mi esposa ha acogido a muchas jóvenes en su corazón, tratando a cada una de ellas como si fueran suyas. Ella puede decirle que, incluso sin esa conexión familiar, ellas no siempre entienden que solo hacemos lo que creemos que es mejor para ellas.

—Mmm… también pueden ser muy desagradecidos —frunció los labios, acentuando el ceño que arrugaba su frente.

Sin saber qué decir en ese momento, Angus dijo lo único que un caballero educado debería decir.

—¿Hay algo que pueda hacer para ayudar?

—No, a menos que puedas hacer que Robert MacMillan se vaya a casa —ella sacó un abanico de la manga de su vestido y lo agitó de un lado a otro frente a su rostro enrojecido.

Angus se dio cuenta de que esto podría cambiarlo todo, y no para mejor.

—Él está dedicado a su hijo. Él no querría dejar su puesto, estoy seguro.

—Sí. Bueno, puede que él deba hacerlo. Que tenga un buen día, señor —María se marchó hacia el palacio, dejando a Angus de pie con el material vegetal aún en sus manos.

Angus tendría mucho para compartir con Edna cuando se reunieran un poco más tarde. Por ahora, disfrutaría del buen clima y de un buen paseo. Con suerte, no se encontraría con nadie más que tuviera que ver con la misión de Edna aquí. Pero parecía que ese no iba a ser el caso.

—Angus, debo hablar contigo —Robert MacMillan se dirigió hacia él como un hombre en una misión.

—Sí. ¿Qué pasa? —Angus hizo girar la flor que ahora tenía en sus manos.

—Tu esposa —la voz de Robert se elevó con aparente enfado.

—¿Qué pasa con ella? —preguntó Angus, usando sus manos para decirle a Robert que bajara la voz.

—Ella le está diciendo mentiras a Emilie —la voz de Robert era áspera por la emoción.

—No estoy seguro de a qué te refieres —no estaba seguro de lo que Edna había hecho esta vez, pero estaba seguro de que ella no estaba mintiendo.

—Ha hecho creer a Emilie un cuento de hadas sobre la luna y el amor y que estaremos juntos. Es una mentira y debes saberlo —Robert apenas se estaba controlando.

Angus no sabía muy bien si debería compartir esta información con Robert, pero podía ver el dolor que el hombre llevaba consigo.

—Dime qué ha pasado —Angus mantuvo su voz baja y su comportamiento tranquilo.

—Le he dicho a Emilie que no podemos volver a vernos. Se ha enfadado y disgustado conmigo —su pecho subía y bajaba mientras hablaba.

—Y ella te ha hablado sobre Edna —a Angus no le gustaba esto. Si no lo compartía con Robert, había muchas posibilidades de que Robert le dijera algo a Luis y entonces Edna sería acusada de brujería. Pero si se lo contaba, podría ocurrir lo mismo.

—Sí.

—Robert, compartiré algo contigo, pero debes prometerme por tu honor que no se lo dirás a nadie. ¿Puedo contar contigo? —lo miró directamente a los ojos.

—Por supuesto. No diré ni una palabra.

Angus respiró profundamente y, al exhalar, supo qué debía hacer.

—Esto va a sonar increíble, pero Edna y yo somos de una época diferente, en el futuro. Emilie ha pedido un deseo a la luna y se nos ha encomendado venir aquí para ayudar a que ese deseo se haga realidad.

Los ojos de Robert se entrecerraron mientras fruncía el ceño. Angus esperó a que entendiera bien lo que acababa de decir antes de continuar.

—¿Eso es cierto? —Robert se apartó de él. Un breve destello de miedo apareció en su rostro. Se tomó un momento, mirando a Angus todo el tiempo.

Angus esperó, con la esperanza de que Robert se decidiera a creerle. Si no lo hacía, esto podría ser un desastre para todos ellos. Tardó unos instantes, pero el miedo desapareció de su rostro, sustituido por la curiosidad y un poco de esperanza.

—No tengas miedo. Es cierto. Por eso estamos aquí. Ahora, ¿confías en mí y puedo confiar en ti para guardar este secreto?

—Sí. Es la historia más extraña que he escuchado. Confío en que no me mentirás.

—Bien. Ahora es mejor para todos los involucrados dejar que Edna haga su trabajo. Primero, ella intentará arreglar esto sin usar magia; si no puede, la empleará.

La confusión de Robert era obvia, ya que sus cejas se fruncían y su ojo sufría de un tic.

—¿Por qué ella iba a hacer esto por nosotros? No lo entiendo.

Angus se apresuró a aliviar la confusión de Robert.

—Si conoces algo a mi esposa, sabrás que haría cualquier cosa por amor. Ha unido a muchas parejas a lo largo de los años, y ahora es vuestro turno.

Una sonrisa de alivio apareció en el rostro de Robert.

—*Casi* te creo y te agradezco la ayuda. ¿Hay algo que yo deba hacer?

—Creo que lo mejor sería mantenernos alejados el uno del otro. No necesitamos levantar sospechas en este momento. Tienes suerte de que no te hayan atrapado hoy.

—Será difícil de conseguir, pero sé que el encuentro de hoy nos ha puesto a ambos en peligro. No volverá a ocurrir —Robert miró al cielo, como si buscara respuestas. Luego, sacudiendo la cabeza con incredulidad, preguntó—: ¿Tu esposa es una bruja?

—Shhh... No hables de ello —Angus miró a su alrededor para asegurarse de que no había nadie cerca.

Robert levantó las manos en lo que pareció un esfuerzo por calmar a Angus.

—Lo siento. No lo volveré a decir.

—Gracias. No estaba de decirte lo que te he dicho. Edna puede enojarse conmigo.

—Ruego que eso no suceda. Eres un buen hombre y solo has hecho lo necesario.

—Así lo creo yo y así lo crees tú, pero Edna podría haber tenido otros planes —pensaba que ya tenía información para compartir con ella, pero esta información sería vital—. No te preocupes. Sigue con tu día. Todo estará bien.

—Gracias por tu honestidad, Angus. No se lo diré a nadie —volvió a sonreír—. Mi corazón es más ligero ahora y el dolor me ha dejado.

Angus lo observó mientras se alejaba. Estaba feliz de haberle dado esperanza. Ahora le tocaba a Edna cumplir sus sueños de estar juntos.

* * *

Esa noche hubo otra recepción en el palacio. Esta vez era para unos dignatarios que habían llegado de Roma. Edna y Angus habían sido invitados a asistir. En el poco tiempo que llevaban en las Tullerías, se habían convertido en parte de la corte, lo que Edna agradecía. Estar cerca de Emilie y Robert le facilitaba el trabajo. Había perdonado a Angus por decírselo a Robert, aunque en realidad no estaba enfadada con él. Eso había estado perfectamente bien. Incluso podría haberlo hecho ella misma antes o después.

El salón de baile estaba brillantemente iluminado por candelabros de techos encendidos con velas por encima de sus cabezas y altos candeleros colocados en la sala. Experimentar la historia de esta manera era mucho mejor que leerla en los libros.

Concino Concini parecía estar muy familiarizado con los invitados especiales de la noche. Los hizo desfilar por el salón para presentarlos ante los condes, vizcondes, duques y barones presentes. Pasó por alto a Edna y Angus, lo cual no era sorprendente. Desde su llegada, estaba claro que los consideraba sus inferiores y que no sentía la necesidad de molestarse ni siquiera en hablar con ellos. La intuición de Edna le decía que él no estaba tramando nada bueno. Tenía una sensación de incomodidad cada vez que él estaba cerca. Por lo que había visto, parecía que le gustaba causar problemas. Ser el favorito de María lo elevaba a los ojos de casi todo el mundo en la corte y por eso parecía que siempre dejaba entrever que él era muy importante. Sí, estaba tramando algo y Edna estaba decidida a averiguar qué era.

—Buenas noches —los saludó Matteo Barbieri. A diferencia de Concini, parecía disfrutar de la compañía de Angus y se empeñaba en charlar con él cada vez que lo veía.

—Buenas noches, Matteo. ¿Te estás divirtiendo? —preguntó Angus.

Puso una cara que casi rozaba la irritación y el disgusto.

—No disfruto de estas recepciones, pero haré lo posible por parecer contento de estar aquí.

—Estás haciendo un muy buen trabajo —comentó Edna.

—Madame Campbell. Es un placer verla —Matteo se inclinó ligeramente en su dirección.

—Y a usted. ¿Dónde está Emilie?

—No se sentía bien, así que se ha quedado en su habitación. Imagino que no le ha gustado este acontecimiento más que a mí.

—¿Conoces a los visitantes? —preguntó Angus.

Matteo miró hacia los invitados.

—No. Son amigos de Concini.

—Yo creía que eras amigo de Concini. ¿No es así? —Edna no podía estar segura, pero parecía que Barbieri no estaba contento con su amigo por alguna razón.

—Concini me ha traído aquí bajo falsos pretextos. Una vez que llegué, descubrí que el deseo de la Reina Madre era que me casara con Emilie.

—¿Y tú aceptaste? —Edna quería llegar al fondo de esto.

—Los Médici son una familia poderosa. Es mejor no contrariarlos. Tengo negocios en Roma, y sin su bendición me resultaría difícil continuar con mis negocios allí.

La energía de la sala cambió cuando la música llegó a un final abrupto y las grandes puertas del extremo de la habitación fueron abiertas. El joven rey entró en la sala con su séquito, que incluía a Robert. Todos se volvieron hacia él, inclinándose cuando pasó junto a ellos en su camino hacia su madre. Una vez allí, agitó la mano y la música volvió a sonar. El muchacho sabía cómo hacer una gran entrada.

Edna admiró a los bailarines. Bonitos y coloridos vestidos se arremolinaban en la sala en tonos rosas, verdes, naranjas y azules.

—¿No bailas? —dijo Barbieri, notando su interés por los que sí lo hacían.

—Oh, no. Por desgracia, me he torcido el tobillo y no debo —no podía decir que no conocía esos bailes. Toda mujer digna de esta época los conocía.

Mirando hacia sus pies, Matteo no pareció creerle.

—Lamento escuchar eso. Estoy seguro de que te gustaría estar ahí con todo el mundo. La música nos hace felices a todos.

—Ya lo creo —respondió ella.

—¿Y tú, Angus? —preguntó Matteo.

—¿Yo? —preguntó Angus.

—¿Disfrutas de la música?

—Mucho. Aunque debo admitir que no me gusta bailar.

—Si Emilie estuviera aquí, yo tendría una pareja de baile. En cambio, me conformaré con mirar.

—Emilie me dice que aún no has conocido a su padre —Edna tenía curiosidad por saber cómo se sentía él al respecto.

—Ha estado enfermo. Si no lo conozco, que así sea. No es necesario, aunque sería apropiado.

—Imagino que sí —Edna le dio un codazo a Angus. No parecía que Barbieri estuviera tan interesado en hablar con ella, y Angus estaba siendo demasiado callado para su gusto.

—¿Cuánto tiempo lleva enfermo? —preguntó Angus, quien al parecer había captado la indirecta.

—No lo sé. Ha estado enfermo desde mi llegada aquí en la corte —Matteo observó a las parejas que bailaban junto a ellos con un aparente deseo de unirse a ellas, a pesar de su edad.

—Entonces, ruego que se mejore pronto —dijo Angus—. Estoy seguro de que Emilie lo querrá en su boda.

La música se detuvo momentáneamente y se produjo un incómodo silencio entre los tres. Era obvio que a Barbieri no le importaba ni lo uno ni lo otro. El compromiso no era más que un medio para conseguir un fin. Él no quería casarse con Emilie más de lo que ella quería casarse con él, pero tenía más razones para seguir con esto que ella.

—¿De qué parte de Italia eres, Matteo? —preguntó Angus.

—De Roma, por supuesto —su pecho se infló de orgullo mientras hablaba.

—Es una ciudad hermosa —dijo Edna.

—¿Habéis ido? —Matteo sonaba esperanzado.

—No. Solo he oído —respondió ella.

—Debéis ir a visitarnos —la invitación era cordial y parecía sincera —. Nos iremos después de casarnos. Tengo asuntos pendientes y he estado fuera demasiado tiempo.

—¿Cuándo es la boda? —Edna no se había preocupado demasiado por eso, pero parecía que Matteo ya estaba haciendo planes para volver a casa.

—Dentro de una semana.

—Muy pronto —dijo Edna. Era mucho más pronto de lo que había pensado en un principio.

—No tan pronto. Como he dicho, tengo asuntos pendientes. Si me quedo aquí mucho más tiempo será un desastre.

Edna miró rápidamente a Angus, quien levantó las cejas con sorpresa.

—Si me disculpáis. Debo hablar con Su Alteza —dijo Matteo.

—Por supuesto —Edna lo vio alejarse y, una vez que estuvo fuera del alcance del oído, cogió a Angus del brazo y lo dirigió hacia las puertas del jardín—. Angus, no tenemos tanto tiempo como pensaba. Debemos llevar a Emilie a visitar a su padre. Tal vez yo pueda hacerlo entrar en razón.

—De acuerdo. Ella no está aquí esta noche. Tendrás que hablar con ella por la mañana.

—Necesitaremos hacer arreglos de inmediato.

—Siempre estoy listo —dijo Angus con un guiño.

Edna no pudo evitar reírse.

—Deja de ser tan bromista.

—Ojalá supiéramos hacer esos bailes tan elegantes. Me encantaría llevarte a dar una vuelta por la pista de baile.

Angus miró a Edna con unos ojos tan dulces de decepción que ella casi quiso intentar esos bailes. Pero luego lo pensó mejor.

—No queremos avergonzarnos ahora, ¿verdad?

Angus soltó una carcajada.

Edna soltó una risita al escucharlo.

—Podemos avergonzarnos en nuestra habitación de la posada con nuestra propia música y nuestro propio baile.

—¿Cuánto tiempo más debemos quedarnos? —preguntó Angus, sonando ansioso por seguir su camino.

—Podemos irnos cuando quieras.

Le tendió el brazo a Edna.

—Ahora estaría bien.

—¿Y bailaremos cuando lleguemos? —bromeó Edna.

Angus la acercó.

—¿Necesitas siquiera preguntar?

CAPÍTULO 8

—No me habías dicho que la boda iba a ser en una semana —le dijo Edna a Emilie. Estaban de pie en el patio frente a las puertas del palacio.

—Lo siento. Yo no sabía que la fecha había cambiado. María me lo dijo anoche antes de la recepción.

—¿Por eso no has asistido? —Edna estaba preocupada por la salud de Emilie. Estaba muy pálida esta mañana.

—Sí. Matteo quiere volver a casa y no quiere esperar a que mi padre pueda asistir a la boda.

Edna sabía que era el momento de actuar. Había pensado que habría más tiempo, pero las cosas habían cambiado y ahora tenían un tiempo límite que se acercaba rápidamente.

—Querida, debemos visitar a tu padre de inmediato.

—Lo sé —Emilie retorció los bordes de su capa entre sus dedos. Su ansiedad era evidente para cualquiera que se tomara el tiempo de notarlo—. Estaba muy enfadada cuando lo vi por última vez. Debo disculparme por mi comportamiento. Espero que me perdone —la tristeza y la devastación brotaban de sus palabras y de su semblante.

Edna le cogió la mano y la acarició suavemente mientras hablaba.

—Él te ama, Emilie. Estoy segura de que te perdonará. Angus y yo te acompañaremos hoy. Es importante que lo veamos de inmediato. Pediremos un carruaje. Si tenemos suerte, llegará en breve.

—Debo decirle a María y empacar algunas cosas. Solo será un momento —se apresuró a entrar mientras Edna esperaba y Angus iba en busca de un carruaje.

Angus debió de tener suerte porque un carruaje no tardó en llegar a las puertas. El conductor bajó de un salto y abrió la puerta del vehículo. Angus salió de un salto.

—Eso ha sido rápido —dijo Edna.

—¿Dónde está Emilie? —preguntó Angus, mirando alrededor del patio.

—Regresará enseguida. Tenía que decirle a María que nos íbamos —Edna miró con ansiedad hacia las puertas del palacio.

—Estoy aquí —llamó Emilie mientras se apresuraba hacia ellos con lo que parecía un gran bolso en la mano.

—Dile al conductor a dónde vamos, querida —dijo Edna.

Emilie dio instrucciones al conductor mientras Edna esperaba. Angus sostuvo la puerta abierta para ambas damas y las ayudó a entrar. Emilie se sentó junto a la ventana en el lado más alejado del carruaje mientras Edna y Angus se sentaban juntos frente a ella.

—Le he dicho al conductor que se apresure todo lo posible. Tendremos que pasar la noche con mi padre. Lleva horas llegar en carruaje. Estará oscuro antes de que lleguemos —Emilie se limpió la nariz con un pañuelo mientras se giraba para mirar por la ventana, intentando ocultar su estado emocional delante de Edna y Angus.

Comprendiendo su estado, Edna decidió centrarse en otra cosa con la esperanza de que eso apartara la mente de Emilie de su padre y de su inminente matrimonio, al menos por un momento o dos.

—A veces olvido el tiempo que se necesita para desplazarse en esta época.

—¿Es más rápido en el futuro? —Emilie pareció animarse al volverse hacia Edna. Su curiosidad era evidente cada vez que Edna mencionaba el futuro.

—Mucho más rápido —respondió Angus—. En el futuro podríamos tardar solo una hora en llegar.

—Oh, cómo me gustaría que estuviéramos en el futuro. Me gustaría estar con mi padre en este mismo momento —Emilie volvió a mirar por la ventana del carruaje. Edna intercambió una mirada de preocupación con Angus.

Atravesaron la hermosa campiña francesa durante el trayecto, aunque nadie estaba especialmente interesado en el paisaje. Tras una parada para comer y descansar, ya había anochecido cuando llegaron a la casa y fueron recibidos por el lacayo del Conde Toussaint.

—Mademoiselle Toussaint, me alegro de que haya llegado —dijo el hombre.

—¿Mi padre puede recibir visitas? —la preocupación en su voz era evidente.

El hombre envió una mirada triste en dirección a Edna y Angus antes de hablar directamente a Emilie.

—Su estado ha empeorado. El médico está con él ahora, pero no puede hacer nada. Ha ocurrido muy rápido.

Inmediatamente, los ojos de Emilie se llenaron de lágrimas. Edna no podía soportar verla con tanto dolor y la rodeó con sus brazos, abrazándola y susurrándole al oído.

—Lo siento mucho, Emilie.

Edna y Angus la acompañaron al interior. La casa de los Toussaint era grande y, desde fuera, muy impresionante. Sin embargo, una vez dentro, estaba claro que necesitaba reparaciones. Los muebles, las cortinas y las alfombras estaban desgastados por el paso del tiempo; las paredes eran un desastre de pintura y papel descascarados. Sin duda, algo no estaba bien.

Edna intercambió una mirada inquisitiva con Angus.

—Te esperaremos aquí mientras hablas con tu padre.

—Claude, por favor, acompaña a nuestros invitados al salón —Emilie pareció estremecerse mientras respiraba profundamente y se dirigía a las escaleras para ver a su padre.

* * *

85

LAS CORTINAS HABÍAN SIDO corridas y la habitación estaba a oscuras. Emilie se asomó a la cama de su padre y se quedó sorprendida por la imagen que le esperaba. Incluso en la habitación poco iluminada era evidente lo enfermo que estaba. La culpa y la angustia por su falta de comunicación con él se apoderaron de ella. Si tan solo lo hubiera escuchado y no hubiera discutido, tal vez habría pasado más tiempo con él. ¿Qué diferencia habría supuesto para ella si se hubiera limitado a aceptar lo que él le había dicho en lugar de discutir y marcharse? Al final, todas las discusiones de Emilie no sirvieron para nada. Había perdido el poco tiempo que le quedaba con su padre y seguía estando obligada a casarse con Matteo. Esa era la verdad. Se acercó a la cama, conteniendo la respiración y las lágrimas.

—¿Padre? —su voz temblaba por el miedo que la invadía.

—¿Emilie? ¿Eres tú? —la voz de Florimond Toussaint era débil y parecía lejana.

Volvió la cabeza hacia ella y, cuando sus ojos se encontraron con los de ella, Emilie se precipitó a su lado. El médico estaba guardando sus cosas y se preparaba para marcharse.

—¿Cómo está, doctor?

—No durará mucho más —sus palabras fueron pronunciadas en voz baja, como si temiera que ella pudiera romperse al oírlas—. Es bueno que estés aquí.

—Emilie, siéntate conmigo —la mano de Florimond le indicó que se acercara.

Ella se sentó en el borde de la cama, cogiendo su mano entre las suyas y dándose cuenta, quizás por primera vez, de lo mucho que amaba esas manos. La habían sostenido de bebé, la habían cogido de la mano mientras caminaba con ella cuando era una niña pequeña y siempre la habían tratado con amor y amabilidad. Sus dedos eran largos y no tan fuertes como lo habían sido antes. Qué extraño que en este momento fuera lo único en lo que estaba concentrada.

—Mírame —le pidió Florimond, con un tono tranquilo y lleno de emoción—. Emilie, te amo más de lo que podrías entender. Cuando nos separamos por última vez, mi corazón estaba roto. Pensé que no volvería a verte. Estabas muy enfadada conmigo.

—Yo también te amo, padre. Siento haber discutido contigo aquel día, y aún más haberme alejado tanto tiempo —luchó por contener las lágrimas.

—Quiero explicarte por qué he aceptado tu compromiso —cogió una respiración que parecía superficial y débil antes de poder continuar—. No he sido bueno con mis finanzas. He tomado malas decisiones de negocios y he confiado en quienes no eran dignos de confianza —se detuvo, luchando por su respiración.

—No lo entiendo —dijo Emilie, tocando su cara con la mano.

—No me queda nada. Esta casa y los muebles que hay en ella ya no son míos. Solo me han permitido quedarme porque pronto me iré. Ellos me han dado al menos esa bondad.

—¿Quiénes son *ellos*? —preguntó Emilie. Temía por su padre, pero hizo lo posible por mantener la calma para no alterarlo.

—Concino Concini se ha encargado de pagar mis deudas. No tengo fuerzas para explicarlo todo. Lo importante para mí eres tú. Quiero que te cuiden. El Conde Barbieri lo hará, y esa es la razón por la que he aceptado el matrimonio.

Podía decirle una vez más que no amaba a ese hombre y que se pasaría la vida siendo miserable porque estaba perdiendo a Robert, pero no quería que estas últimas palabras entre ellos estuvieran llenas de desacuerdo.

—Padre, ¿madre te amaba cuando os casasteis?

—No. Apenas nos conocíamos, pero con el tiempo llegamos a amarnos mucho. La he echado de menos todos estos años que ha estado ausente. Sé que me está esperando. Anoche me lo dijo en sueños.

Emilie no pudo evitarlo. Sus lágrimas fluyeron como una cascada.

—Ven aquí, mi querida hija —Florimond levantó un brazo.

Emilie se acurrucó a su lado, apoyando la cabeza en su frágil hombro.

—¿Te estoy haciendo daño? —le preocupaba que lo hiciera.

—No. Estoy feliz de que estés aquí conmigo. ¿Te quedarás?

—No te dejaré, lo prometo.

* * *

EDNA SE PASEABA de un lado a otro por la raída alfombra del salón. Emilie se había ido hacía tiempo y Edna estaba preocupada por lo que pudiera estar ocurriendo en el piso de arriba. Unas pisadas le dijeron que pronto tendría su respuesta.

—Él se ha ido —Emilie entró en la habitación. Sus ojos, hinchados por el llanto, lo decían todo.

—Lo siento mucho, querida —Edna se acercó a ella y la envolvió en un cálido abrazo. Angus se unió a ellas, envolviendo a ambas mujeres en sus brazos.

—Me alegro de estar aquí. Yo no habría querido que muriera solo —Emilie resolló y se limpió la nariz con su pañuelo.

—¿Habéis hecho las paces? —preguntó Edna.

—Sí. Todo estaba bien entre nosotros cuando dio su último aliento.

Edna pudo sentir el peso del cuerpo de Emilie mientras se hundía en sus brazos y lloraba.

—Me gustaría quedarme un día o dos —dijo Emilie entre sollozos —. Debo enviar a la Reina Madre una nota para explicar mi retraso en el regreso a la corte.

—Por supuesto. ¿Hay algo más que podamos hacer? —preguntó Edna.

—Me gustaría enterrarlo junto a mi madre, pero me he enterado que estamos bastante arruinados. Todos los sirvientes se han ido.

—Me encargaré de ello, muchacha. Tal vez Claude podría acompañarme —sugirió Angus.

—Se lo pediré.

Edna no quería mencionar a Matteo. No era el momento adecuado, pero las cosas podían haber dado un giro a favor de Emilie. Hablaría de ello cuando hicieran el viaje de regreso a palacio. Ahora mismo la pobre Emilie estaba en shock. Acababa de perder a su padre y era evidente que estaba sintiendo el peso de estar sola.

—Angus, yo también puedo ayudar —se ofreció Edna.

—Edna, ¿me ayudarías a prepararlo para el entierro? —preguntó Emilie.

—Por supuesto que lo haré. ¿Necesitas algo de tiempo para descansar primero? —a Edna le preocupaba que Emilie se derrumbara en cualquier momento, pero era evidente que estaba haciendo todo lo posible para ser valiente ante esta gran pérdida. La propia Edna sintió que se le llenaban los ojos de lágrimas al sentir el dolor de Emilie.

—Me gustaría ocuparme de ello ahora mismo. Mantenerme ocupada es lo mejor —un pequeño sollozo escapó de sus labios.

Edna se apresuró a poner un brazo alrededor de su cintura por miedo a que se cayera.

—¿Vamos a buscar las cosas que necesitaremos?

Edna caminó con Emilie, abrazándola mientras se dirigían a los aposentos de Florimond Toussaint. Le dolía el corazón por la muchacha. Sabía lo difícil que era perder a un padre. Le llevaría tiempo superarlo.

—Emilie, siempre recordarás a tu padre. Vivirá para siempre en tu corazón, pero con cada día que pase el dolor de tu pérdida será más soportable.

—Lo sé. Recuerdo cómo fue cuando murió mi madre. Mi padre y yo nos teníamos el uno al otro. No estábamos solos —su voz se quebró una vez más al hablar.

—No estás sola, Emilie. Angus y yo estamos aquí para ti. Con el tiempo todo estará bien —Edna sabía que sus palabras, aunque pretendían tranquilizar a Emilie, no estaban logrando penetrar en su dolor.

En el vestíbulo, al pie de la escalera, apareció Claude. Su preocupación al ver a Emilie era evidente al mirar de ella a Edna y luego a Angus, quien las seguía.

—Claude, mi padre ya no está con nosotros. ¿Ayudarás a Lord Campbell con el entierro?

—¿Al lado de su madre, mademoiselle? —preguntó Claude.

—Sí. ¿Hay alguien más aquí para ayudar? —preguntó Emilie.

—Me temo que no. Soy el único que se ha quedado —se volvió hacia Angus—. Si me sigue, señor.

Los dos hombres salieron juntos de la casa y las damas subieron las escaleras para atender a Florimond.

* * *

EL VIAJE en carruaje de regreso a las Tullerías fue tranquilo. Emilie miraba por la ventana, secándose de vez en cuando los ojos con su pañuelo. En su mente, su vida ya no era suya. Toda esperanza se había perdido y estaría a merced de María de Médici ahora que estaba sola y sin dinero. Por las miradas de preocupación que Edna compartía con Angus, Emilie pudo ver que estaban preocupados por ella y que deseaban poder hacer algo para ayudarla.

Al acercarse al palacio, Emilie se enderezó y se limpió los ojos por última vez.

—Hemos vuelto. Le diré a la Reina Madre que me gustaría llevar a cabo el matrimonio de inmediato. No hay necesidad de esperar —dijo las palabras que ella nunca imaginó que diría.

—Emilie, no lo dices en serio —dijo Edna.

—Lo hago. Simplemente estoy siguiendo los últimos deseos de mi padre. Me explicó que la razón por la que aceptó el compromiso fue para que me cuidaran. Pensó que el Conde Barbieri sería el indicado para hacerlo.

Edna parecía sorprendida y Emilie podía entender por qué.

—No puedo dejar que sigas con esto. Si no queréis casaros con Matteo, hay formas en las que puedo usar mi magia para ayudaros.

—Eso no será necesario. Haré lo que es correcto —Emilie se irguió y mantuvo la cabeza en alto.

Vio cómo el rostro de Edna palidecía mientras se volvía hacia su marido y luego hacia ella. La voz de Edna sonaba frenética a sus oídos.

—No puedo dejar que lo hagas —dijo Edna de nuevo—. Esto no es lo que quieres. ¿Qué hay de Robert? ¿Y el amor?

—Puedo vivir sin ellos —mintió ella—. Estoy deseando hacer una nueva vida en Roma con Matteo.

Edna parecía muy sorprendida cuando su mirada de pánico se posó en Emilie.

—No estoy segura de qué hacer —le dijo a Angus antes de volverse hacia Emilie—. Sé en mi corazón, Emilie, que lo que estás diciendo es mentira. Sé que esto no es lo que quieres. No he viajado a través del tiempo para fracasar en mi misión, pero veo que ahora no es un buen momento para hablar de esto. Quiero que sepas que no me estoy rindiendo contigo y con Robert.

—Aprecio todo lo que has intentado hacer por mí, Edna, pero mi decisión está tomada. Es lo mejor.

* * *

Cuando Emilie entró en el salón del trono, María de Médici y Concino Concini estaban en plena conversación. Ella se aclaró la garganta para llamar su atención.

—Emilie, has vuelto —dijo Marie.

Hizo una reverencia a la Reina Madre.

—Tengo noticias. Mi padre ha fallecido.

—Lo siento mucho. Sabía que estaba enfermo, pero pensé que estaría lo suficientemente bien como para asistir a tu boda —dijo María.

Emilie notó que Concino Concini se paró un poco más alto y parecía mucho más interesado en lo que ella estaba diciendo en comparación con otras veces en el pasado. Sin duda, él se alegró de la noticia, ya que una pequeña sonrisa se dibujó en la comisura de sus labios antes de desaparecer y ser sustituida por una falsa mirada de preocupación.

—Me alegro de haber podido estar con él al final. Deseo decirle que cuanto antes pueda casarme, mejor. Ha sido el único deseo de mi padre para mí y lo honraré.

—Por supuesto. Hablaré con Barbieri. Estará encantado. Está muy interesado en volver a casa cuanto antes.

Manteniendo un comportamiento serio, Emilie estaba decidida a no dejar que María viera ninguna duda o debilidad.

—Estaré encantada de acompañarlo.

—Bien. Me alegro de que ya no te resistas a este matrimonio.

Recuerda que yo siempre sé lo que es mejor. Por eso lo he elegido para ti.

—Te lo agradezco —dijo Emilie, inclinando la cabeza y haciendo lo posible por no mostrar su desprecio por Concini.

—Ahora, si nos disculpas —María volvió a su conversación con Concini.

Emilie sabía en qué momento era despedida. Cuando María terminaba de hablarle a alguien, hacía como si ya no estuviera allí.

Vagando sin rumbo por el jardín y sin prestar atención a dónde iba, Emilie se encontró en los establos justo cuando Robert bajó de su caballo. Intentó alejarse, pero él la había visto.

—Emilie, ¿estás bien? —él entregó su caballo a un mozo de cuadra y se acercó a ella en un santiamén—. No te vi ayer en la corte. ¿Dónde estabas?

—Mi padre ha muerto —creía que ya no tenía más lágrimas, pero, de alguna manera, estar en presencia de alguien que realmente se preocupaba por ella, hizo que fluyeran de nuevo.

Robert la cogió en sus brazos. A ninguno de los dos le importaba que los vieran. La abrazó con fuerza.

—Lo siento mucho, Emilie.

—No sé qué hacer. No quiero estar sola. Todo lo que puedo hacer es pensar en él —se desahogó con Robert.

—Lo entiendo. Es normal. No hay nada malo en lo que sientes. Estás de luto por la pérdida de un hombre muy importante en tu vida —le frotó la espalda sin dejar de sostenerla cerca.

El calor de ese abrazo era exactamente lo que ella necesitaba, pero pronto estaría llorando la pérdida no solo de su padre. También perdería a Robert. Se le rompía el corazón, pero tenía que decírselo, sabiendo que, aunque lo hiciera, no volvería a sentir ese cálido abrazo. Necesitó todo lo que tenía en ella para decir las palabras que estaba a punto de decir.

—Debo casarme con Matteo tan pronto como sea posible. Era el último deseo de mi padre. Partiremos hacia Roma inmediatamente después de la ceremonia.

De repente, Robert pareció darse cuenta de que tenía en sus brazos a la mujer de otro hombre. La soltó y se alejó de ella a una distancia adecuada.

—¿Eso es lo que realmente quieres?

Emilie bajó la cabeza, sacudiéndola con incredulidad.

—Sabes que no lo es, pero debo hacer lo que me dicen. No tengo otra opción.

¿Cómo podía seguir adelante con esto cuando el hombre que realmente quería estaba allí de pie frente a ella pareciendo víctima de una puñalada en el corazón?

Robert recuperó la compostura.

—¿Qué hay de Edna? ¿No te ayudará?

—Ella desea ayudar, pero mi destino ya está escrito. Debo casarme con Matteo.

—Nunca te había visto así. Quizás deberías esperar hasta que la muerte de tu padre no esté tan fresca en tu mente —extendió una mano para tocarla, pero la apartó casi inmediatamente cuando ella se alejó.

—Fuiste tú quien dijo que nuestra situación era imposible. Que no había nada que pudiéramos hacer y que no debíamos volver a vernos.

¿Por qué él le estaba diciendo estas cosas ahora? ¿Por qué esperó hasta que los planes estuvieran hechos y ella hubiera dado su palabra a la Reina Madre de que ya no se resistiría a este matrimonio?

Robert se quedó callado por un momento, como si estuviera ordenando sus pensamientos.

—Lo he pensado mucho. Si Edna puede ayudar, ¿por qué no dejarla?

—Me temo que es demasiado tarde —las lágrimas de Emilie se habían secado y su rostro estaba ahora sin emoción. Tenía que ser así, porque si cedía aunque fuera un breve segundo, caería en sus brazos una vez más y le rogaría que la llevara a un lugar lejos de aquí.

La mirada de tristeza y decepción de Robert era difícil de ver para Emilie, pero él había tenido razón todo el tiempo. Esto era lo que ella debía hacer.

—Adiós, Robert —se alejó de él, ignorando el sonido de su voz mientras la llamaba. La vida que ella alguna vez había creído posible había sido solamente un sueño.

CAPÍTULO 9

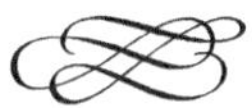

Robert se apresuró a recorrer el palacio en busca de Angus. Buscó en cualquier lugar donde pensó que podría encontrarlo. Tenía que reunirse con Edna. Si todo lo que le habían dicho era cierto, él necesitaría su ayuda y estaba dispuesto a rogar por ella. Emilie era lo único que le importaba. No sabía cómo podrían hacer que las cosas funcionaran teniendo en cuenta la situación, pero él haría cualquier cosa. Al menos tenía que intentarlo.

Estaba a punto de darse por vencido cuando vio a Edna y a Angus salir juntos del palacio, y corrió para alcanzarlos.

—Angus, por favor, detente —gritó—. Debo hablar contigo y con tu esposa —esto podría ser una tontería, pero qué opción tenía.

—Por supuesto —dijo Edna, extendiendo una mano y apoyándola en su brazo.

—Es Emilie. Dice que se va a casar con Barbieri en cuanto sea posible —él lo había aceptado cuando pensó que no podrían estar juntos, pero Angus le había dado esperanzas solo para verlas frustradas cuando habló con Emilie en el jardín. Ella se estaba alejando realmente de él y la angustia que sentía no podía ocultarse.

—Sí. Nos lo ha dicho. La muerte de su padre la ha hecho comportarse de una manera que yo no esperaba —Edna sacudió la cabeza mientras hablaba.

—Debes ayudarnos. Me ha hablado de ti y de la luna —las palabras sonaron extrañas cuando salieron de sus labios. Solo esperaba que todo fuera cierto y que Edna no lo considerara un loco.

Cuando Edna lo miró, Robert pudo sentir su empatía y amabilidad y se relajó. Todo iría bien. Podía sentirlo.

—No puedo hacer mucho. Si ella no quiere mi ayuda, será difícil hacer lo que debe hacerse.

—Entiendo que no será fácil, pero no me rendiré. Tiene que haber una manera.

—Me alegra oírte decir eso, pero no hay garantías. Ahora, íbamos a visitar a una amiga —dijo Edna—. ¿Te gustaría acompañarnos?

—Me gustaría. ¿A dónde vamos? —todavía había esperanza. Tenía que haberla.

—A visitar a la mujer que le hizo creer primero a Emilie que podían estar juntos.

* * *

La sensación de peligro inminente que rodeaba a Madame DuBois era la razón del viaje de hoy para visitarla. Edna necesitaba asegurarse de que estaba bien y de que no pasaba nada. Sus presentimientos nunca se equivocaban, así que estaba preocupada. Recorrieron a pie la corta distancia que los separaba de la morada de Madame DuBois. Una vez allí, Edna llamó a la puerta y descubrió que no estaba en casa.

—¿Dónde podría estar? —preguntó Angus.

—No lo sé, pero he tenido una sensación de inquietud en la boca del estómago desde que regresamos —respondió Edna.

Robert se asomó a la ventana.

—Ella no está allí y sus cosas parecen haber sido lanzadas acá y allá.

—Deberíamos entrar —dijo Edna, empujando la puerta. Fue impactante ver que todos los frascos que alguna vez habían estado prolijamente colocados en los estantes de la habitación, ahora estaban rotos y esparcidos por el piso.

—Me pregunto qué habrá pasado —dijo Angus.

—La han acusado de brujería. Dos hombres vinieron esta mañana temprano para llevársela.

Edna se giró para encontrar a un hombre de pie en la puerta.

—¿Quién es uste?

—Un vecino y amigo. No me atreví a intentar detenerlos por miedo a que me llevaran a mí también —el hombre tenía una expresión de preocupación en el rostro. Su sombrero giraba en sus manos mientras miraba alrededor de la habitación, pareciendo nervioso por estar allí.

—¿Sabe por qué se la han llevado? —preguntó Edna.

—Ayer tuvo una discusión con su vecina. La mujer de la casa de al lado acusó a Madame DuBois de ser una bruja. Seguro que se puso en contacto con las autoridades.

El corazón de Edna se hundió.

—¿Por qué se han peleado? ¿Usted sabe?

—Todo el mundo por aquí se enteró. Fue una fuerte discusión porque Madame DuBois alimentaba a los gatos callejeros. A la vecina no le gustan los gatos y parece que habían estado tomando el sol alrededor de su casa. Madame Dubois y su vecina habían discutido por ello muchas veces en el pasado, pero Madame DuBois no dejaba de alimentarlos. Tiene un corazón bondadoso y no quiere que se mueran de hambre.

Edna estudió detenidamente al vecino, preguntándose si debía hacer la pregunta que tenía en mente, la que podría liberar a Madame DuBois o sellar su destino. Finalmente, supo que debía hacerlo.

—¿Usted cree que es una bruja? —preguntó Edna con cuidado.

El vecino soltó una carcajada.

—No, en absoluto. Solo es una anciana que ama a los animales. Cultiva hierbas y verduras en su jardín y las comparte con los necesitados.

—Gracias —Edna estaba sorprendida y muy preocupada. En esta

época, la acusación de brujería era una sentencia de muerte—. Angus, debemos ayudarla.

—¿Usted sabe a qué sitio la han llevado? —preguntó Angus.

—Será encarcelada en la Bastilla mientras espera el juicio —dijo el hombre—. No es correcto. ¿Puede ayudarla?

—No estoy segura. Esto no es bueno —musitó Edna para sí misma.

—Deberíamos irnos —dijo Robert, guiándolos de nuevo al exterior.

Una vez en la calle, Angus preguntó:

—¿Hay algo que podamos hacer?

—Puedo hablar con Luis. Puede que él pueda intervenir —Robert comenzó a alejarse de la casa ahora vacía.

—Esperemos que sí —el cerebro de Edna bullía con pensamientos. Esto era precisamente lo que la mujer había temido. Tenía que ayudar a Madame DuBois después de haber prometido protegerla.

—¿Por qué deseabas verla? —preguntó Robert.

—Tenía la sensación de que las cosas no iban bien aquí. Mi pensamiento principal era comprobar cómo estaba Madame DuBois, pero también pensé en conseguir algunas hierbas que pudieran ayudar a aliviar el duelo de Emilie. Ella está actuando de manera irracional. Debo hablar con ella de nuevo. Debo hacerle saber que su destino no estaba predeterminado por lo que su padre quería para ella.

—Necesita tiempo para llorar; en cambio, está huyendo de su dolor —Robert parecía perplejo por este comportamiento.

—Tendremos que ayudarla —Edna haría todo lo posible por ayudar a Emilie, pero su atención ahora estaba puesta en Madame DuBois, cuya vida estaba literalmente en grave peligro.

* * *

AL VOLVER AL PALACIO, Robert se apresuró a ir a los establos donde esperaba encontrar a Luis.

—Robert. Te he estado buscando —dijo Luis desde lo alto de su corcel—. ¿Dónde has estado?

Robert estaba de pie junto al caballo de Luis, acariciando suavemente el cuello del corcel.

—Estaba haciendo un recado con un amigo.

Luis parecía de buen humor.

—He preparado tu caballo. Ven a cabalgar conmigo.

El librero le entregó a Robert las riendas de su castrado perfectamente acicalado y ensillado. El buen humor de Luis facilitaría la petición de Robert. Se subió a la silla de montar y se unió a Luis, quien estaba haciendo entrar en calor a su caballo mientras recorría los bordes de la pista. Una vez a su lado, observó que Luis tenía ese brillo travieso en los ojos que normalmente significaba problemas.

—Te he visto antes con tu amada aquí, junto a los establos —dijo Luis con un tono burlón.

Robert no pudo negarlo.

—Emilie me estaba contando que su padre había muerto y se puso a llorar. Yo solo quería consolarla.

—Ella se apresuró a marcharse. Imagino que eso no funcionó.

—No, no funcionó.

—Lo siento. Es difícil perder a un padre —había una tristeza en su tono que no se podía negar. Luis había perdido a su propio padre y, a su manera, quería que Robert supiera que entendía y comprendía a Emilie—. ¿No deseaba que la consolaras?

—Ella no sabe lo que quiere. Está confundida.

—Llevará tiempo. No pierdas la esperanza —Luis podía ser difícil e infantil, pero en este momento le estaba dando a Robert exactamente lo que necesitaba: amabilidad y compasión.

Cabalgaron en silencio durante un rato mientras Robert pensaba en Emilie y en la razón por la que había buscado a Luis en primer lugar. No estaba seguro de cómo sacar el tema de Madame DuBois. ¿Debía decirlo sin rodeos?

—Luis, necesito tu ayuda con algo.

—¿Tiene algo que ver con Emilie? —esto pareció despertar el interés de Luis.

—No. No creo que haya nada que puedas hacer para ayudar a Emilie. Hay una mujer aquí en París —Robert comenzó su explicación y se detuvo, inseguro de cómo explicar lo de la bruja que no era una bruja y que necesitaba ser liberada.

—¿Otra? Eres un hombre ocupado, Robert —Luis se rio, volviendo a su comportamiento habitual.

Mantener centrado al joven Luis podía ser difícil.

—Estoy hablando en serio, Luis.

Luis enarcó una ceja mirando a su amigo.

—Continúa, por favor.

—La han detenido esta mañana. La acusan de brujería.

Ahora, Robert tenía la atención de Luis.

—Si es una bruja, no sé qué puedo hacer para ayudarla.

—No es una bruja —Robert sabía que estaba mintiendo, pero era lo único que se le ocurría hacer—. Su vecina se puso en contacto con las autoridades. Hubo una discusión sobre gatos callejeros. La vecina solo quiere que se vaya por los gatos —miró a Luis para ver si realmente estaba escuchando.

—Los pobres no están exentos de enfrentarse entre sí.

Robert sabía que los ricos eran igual de propensos a hacer lo mismo, pero no parecía ser el momento de mencionarlo.

—¿Así que todo esto es por los gatos? —Luis se mostraba un poco desconfiado sobre el rumbo que había tomado esta conversación, y Robert ciertamente podía entender por qué. Nunca le había pedido ayuda al rey con Emilie, la mujer que amaba; en cambio, aquí estaba pidiéndole que el rey salvara a una mujer que no conocía.

—¿Hay algo que puedas hacer para ayudarla? —Robert rezó para que así fuera.

—¿Por qué esto es tan importante para ti?

—No deseo ver a alguien castigado por algo tan simple como alimentar a gatos callejeros. Debes admitir que parece una pobre razón para que alguien se enfrente a la muerte —esperó, conteniendo la respiración por una respuesta.

—¿Estás seguro de que no es una bruja? —Luis deslizó sus ojos hacia un lado para mirar a Robert.

—No lo es. Es simplemente una anciana con un huerto.

El rey lo estudió por un momento más, y luego pareció decidido.

—La ayudaré. ¿Cómo se llama?

—Madame DuBois.

Mientras se acercaban al corral para prácticas de equitación, Luis llamó a su lacayo, quien siempre estaba cerca.

—Mi pluma y mi papel.

El hombre se apresuró a marcharse y Luis puso su caballo al trote. Robert lo siguió a su lado y procedieron a llevar a sus caballos a sus ritmos cotidianos. Poco después, el hombre volvió a aparecer y le tendió a Luis los objetos que había pedido. Pero los rechazó.

—Debo desmontar.

El hombre tenía las manos llenas de papel, pluma y tinta. Al ver esto, Robert bajó de un salto de su caballo y sujetó el de Luis mientras éste desmontaba y cogía la pluma y el papel. Luis se dirigió a un lugar plano en la vía con su lacayo justo detrás de él. Sumergió la pluma en la tinta ofrecida y luego garabateó en el papel. Cuando terminó, entregó un papel doblado al lacayo.

—Haz que esto se entregue inmediatamente.

El hombre aceptó el papel y, haciendo una reverencia a Luis, se dio la vuelta y salió corriendo a cumplir con la tarea que se le había encomendado.

—Gracias, Luis. Te lo agradezco mucho —Robert se sintió aliviado por Madame DuBois.

Luis no dijo nada mientras subía a su caballo, partiendo de nuevo como si nada hubiera pasado. Cabalgaron un rato más y su conversación giró hacia temas más ligeros, lo que Robert notó que pareció agradar a Luis. El joven rey podía ser temperamental y difícil. Era una buena suerte que su estado de ánimo fuera ligero y que no hubiera ocurrido nada que lo cambiara antes de que escribiera la nota.

* * *

Mordiéndose el labio inferior, Edna se preocupó de que fueran a llegar demasiado tarde para ayudar a Madame DuBois. Habían pasado horas desde la última vez que había visto a Robert, y estaba a punto de volver a la posada cuando él apareció. Se animó considerablemente cuando se precipitó hacia ella.

—¿Y bien?

—Luis se ha encargado de ello. Será liberada —sonrió con orgullo—. Habría venido a decírtelo antes, pero Luis me tenía ocupado.

Edna suspiró aliviada.

—Estoy agradecida. Madame DuBois ha estado preocupada ante la posibilidad de una denuncia y pensaba que ayudar a Emilie sería la causa.

—¿Crees que ese es el caso? —preguntó Robert.

—Emilie sabía que sería peligroso si decía algo a alguien. No. Ha sido la vecina. Estoy segura de ello.

—¿Deseas ir a verla?

—Sí. Debo asegurarme de que está ilesa. Tendré que esperar a que Angus regrese. Ha ido a buscar a Matteo.

—No hay necesidad de esperar a Angus. Iré contigo. Necesitarás protección. Como hombre de Luis, nadie te cuestionará o molestará.

—Gracias, Robert. Puedo ver por qué Emilie te ama tanto —era un joven amable y cariñoso. Le recordaba a Angus cuando tenía esa edad, provocándole nostalgia por aquellos tiempos en que ambos eran jóvenes y estaban enamorados. Llevaban ya muchos años juntos y su amor no había hecho más que profundizarse y reforzarse. Deseaba lo mismo para Robert y Emilie.

—Conseguiré un carruaje.

—Eso no será necesario. Me gustaría caminar —sus nervios habían estado agitados todo el día. Una caminata le daría tiempo para despejarse de toda la ansiedad que había sentido, y también le daría tiempo para conocer a Robert un poco mejor.

Robert le tendió el brazo para que lo cogiera. Edna le sonrió mientras empezaban a caminar.

—Háblame de ti, Robert. ¿Por qué estás aquí en París en lugar de en Escocia, tu hogar?

—Vine a París porque esperaba que hubiera más oportunidades para mí aquí.

Edna admiró su iniciativa de crear su propio camino.

—Veo que tenías razón. Mira dónde has acabado. ¿Qué piensan tus padres de que estés tan lejos de casa?

Robert guio a Edna de forma experta fuera del camino de una carretilla llena de verduras que se dirigía al mercado.

—Mis padres están muertos y mis hermanos estaban tan ocupados peleando entre ellos por nuestras tierras que nadie se dio cuenta de que había decidido irme —su tono era ligero y parecía indiferente a lo que le estaba contando.

—Qué pena. Estoy segura de que habrías sido de gran ayuda para ellos.

—Mis hermanos no creían eso. Yo era el más joven, y para ellos era incapaz de participar en los asuntos relacionados con las tierras de la familia. Así que me fui.

Edna sentía curiosidad por la relación de Robert con Luis.

—Y ahora eres un guardia de Luis XIII. ¿Cómo se produjo eso?

—Nos conocimos un día mientras yo cabalgaba por el sendero del río. Él estaba haciendo lo mismo y quedó impresionado con mi habilidad como jinete. Me pidió que me reuniera con él en el palacio al día siguiente con mi caballo. Es el rey, lo que él me recuerda a menudo, y yo soy un soldado, pero nos hemos hecho amigos.

—Y cuando le pediste que liberara a Madame DuBois, accedió. Lo hizo por ti.

Robert se encogió de hombros.

—No se preocuparía por una pobre mujer acusada de brujería.

Edna cambió su conversación para hablar de la razón por la que ella estaba en París.

—¿Cómo has conocido a Emilie?

—En el palacio. Cuando la vi, supe inmediatamente que iba a ser mi esposa. No puedo creer que yo pensara que era posible. Nos vimos en secreto muchas veces y me alegré de que fuera exactamente la mujer que pensé que sería cuando la vi por primera vez. ¿Cómo podría no amarla?

Edna oyó la tristeza en su voz y esperó poder arreglar las cosas.

—No pierdas la fe. Todavía no he fracasado en mis intentos de unir parejas.

Robert sonrió.

—Te creo. No sé por qué, pero te creo.

—Pronto sabrás por qué, muchacho —Edna se rio.

Habían llegado a la casa de Madame DuBois y podían oír el estruendo de las cosas mientras eran arrojadas al interior. Robert extendió la mano delante de Edna para que detuviera sus pasos. Él se asomó a la puerta y le lanzaron una botella de cristal.

—Por suerte, ella tiene mala puntería.

—Madame DuBois, es Edna Campbell —llamó a través de la puerta—. Por favor, permítanos ayudarla,

—¿Cómo ha sucedido esto? ¿Quién ha hecho esto? —Madame DuBois parecía comprensiblemente consternada.

—No hay forma de saberlo —dijo Edna—. Podrían haber sido las autoridades o tu vecina.

—Mi vecina no ha estado contenta conmigo. No confía en mí, y desde el principio pensó que yo traería problemas. Cuando traje gatos, fue demasiado para ella.

Una pequeña multitud se reunió fuera. Ninguno de los curiosos parecía feliz de ver a Madame DuBois.

—No os preocupéis. Me marcharé. No puedo quedarme aquí —les dijo a ellos.

—Bien —gritó alguien de la pequeña multitud.

—¿Entramos? —preguntó Edna.

Madame DuBois se apartó de la puerta, permitiéndoles la entrada.

—¿De verdad planeas irte? —preguntó Edna.

—No tengo elección —Madame DuBois miró alrededor del desorden que se había formado y se desanimó un poco—. No puedo seguir viviendo entre esta gente. Ahora creen que soy una bruja —señaló hacia la puerta—. Vendrán de nuevo a por mí. Y la próxima vez puede que me lo merezca.

—Has sido muy buena con ellos. Me han dicho que compartiste tus verduras y hierbas con ellos.

—Es verdad, pero sus mentes han sido envenenadas por esa —señaló en dirección a la pequeña choza de su vecina.

—¿A dónde irás? —preguntó Edna, con su corazón dolido por la mujer.

—Al campo, donde nadie me molestará —siguió revisando los cristales rotos y, al no ver nada salvable, levantó las manos—. Tengo amigos allí, así que no estaré sola.

—Lamento que hayamos llegado a esto —dijo Edna—. Esperaba conseguir algunas de tus hierbas.

—Mira a tu alrededor —dijo Madame DuBois con disgusto—. Mi huerta ha sido arrancada. Han destruido todo. No me queda nada.

—¿Podemos ayudarte a empacar lo que te llevarás? —preguntó Robert.

Madame DuBois negó con la cabeza.

—Mis bolsas están hechas, y aquí no hay nada para salvar. Estoy lista para partir —cogió dos bolsas de tela y, colgándose una al hombro y llevando otra en la mano, se dirigió a la puerta.

—Buena suerte —dijo Edna cuando se fue.

—¿Y ahora qué? —preguntó Robert, una vez que ella desapareció.

Edna miró alrededor de la habitación. Todos los frascos estaban rotos. Había montones de polvo suelto por todas partes y pequeños charcos de líquido filtrándose en el suelo de tierra. Parecía que incluso las hierbas habían sido pisoteadas hasta quedar hechas polvo. Ya fuera por los vecinos o por las autoridades, habían hecho un trabajo minucioso para inutilizar al máximo todo lo que encontraron. Siguió buscando, pero al no encontrar nada útil, se dio la vuelta para marcharse.

—No puedo ver nada que sea útil.

Robert la cogió de la mano y la guio de regreso a la puerta, cuidando evitar los cristales rotos. Una vez fuera, cerró la puerta tras ellos y volvió a ofrecerle el brazo a Edna.

—No quiero que te preocupes, Robert. Haré que todo esté bien para ti y Emilie —sonaba más segura de sí misma de lo que realmente sentía.

—Creo que lo intentarás —parecía que estaba siendo más realista que ella sobre sus posibilidades.

El camino de regreso al palacio le dio a Edna mucho tiempo para pensar, pero aparte de secuestrar a Emilie y llevarla con Robert al futuro, su mente estaba en blanco.

Todo lo que tenía que hacer era engañarlos para que se reunieran con ella y Angus en un puente, cualquier puente, y el resto sería fácil. En el pasado, no siempre contó con el permiso de aquellos a los que trasladó a través del tiempo, pero el consejo le hizo saber que ya no podía emplear los métodos del pasado. Hacerlo podría arruinar sus posibilidades de continuar en su puesto. Así que ahora se encontraba como una bruja que no podía resolver esta situación con la brujería.

Cuando había comenzado este viaje, dos personas necesitaban su ayuda, y ahora una de ellas estaba tomando una decisión diferente. El consejo le había dejado claro que solo debía asistir a los que buscaran su ayuda, así que, por ahora, seguiría intentando encontrar otra forma de llegar a Emilie. Ahora que había llegado a conocer a Robert y a comprender lo mucho que él amaba a Emilie, Edna estaba más decidida que nunca.

CAPÍTULO 10

La belleza de la mañana se perdió en Edna cuando se unió a Angus para desayunar. No tenía apetito, pero se sentó con él mientras comía.

—No sé cómo arreglar esto —había dado vueltas en la cama toda la noche intentando encontrar una solución y, de alguna manera, Angus se las había arreglado para dormir.

—Ya se te ocurrirá algo. Eso siempre sucede —le aseguró mientras untaba con mantequilla una gruesa rebanada de pan y la cubría con mermelada.

—Tal vez mi suerte se ha acabado. Tal vez mi momento de fracaso ha llegado —todos estos años de ayudar a las parejas, lo quisieran o no, le habían dado un sentido de propósito y una gran satisfacción por los resultados. Le preocupaba que ésta pudiera ser la única vez que el amor no ganara y que no hubiera nada que ella pudiera hacer al respecto.

Angus la miró por encima del borde de su taza de té.

—Ahora, la Edna que conozco nunca se rendiría.

Tenía razón. Edna era una luchadora y siempre peleaba por las cosas en las que creía. Creía en el amor y eso debería bastarle para ganar esta batalla. Suspiró, apoyando la cabeza en sus manos antes de volver a mirar a Angus.

—Ya era bastante malo cuando todo lo que yo tenía que hacer era vencer el hecho de que la Reina Madre había elegido un marido para Emilie y que su padre había estado de acuerdo. Ahora Emilie se ha rendido. No quiere seguir luchando. ¿Qué puedo hacer al respecto?

—Habla con ella, te escuchará —Angus era la tranquila voz de la razón que ella necesitaba escuchar en ese momento. Siempre lo había sido.

—Algo tiene que pasar para que cambie de opinión. Y luego para que Matteo cambie de opinión —golpeó los dedos sobre la mesa mientras pensaba.

Angus dejó su taza sobre la mesa.

—Volveré a hablar con Matteo. Es un poco tacaño, ya sabes. Me ha dicho que realmente no quiere una esposa. Quiere su dinero para él solo. La única razón por la que ha aceptado este matrimonio tiene que ver con la dote que va a recibir.

—¡Eso es! —Edna prácticamente saltó de su silla—. La dote. No querrá casarse con ella si no la tiene.

Angus se llevó el dedo a los labios. Edna interpretó el gesto como una exhortación a que se callara antes de que todo el mundo se enterara de lo que estaban hablando.

—¿Cómo sabes que su padre no ha pagado ya la dote? —preguntó Angus.

—Por el aspecto de su casa familiar; no puedo imaginar que tenga dinero para ofrecer —las paredes deslucidas y descascaradas y el mal estado general no se habían producido de la noche a la mañana. Eso, junto con el hecho de que solo había contratado a un sirviente, eran buenos indicios en la mente de Edna.

—Y, sin embargo, Matteo cree que recibirá una buena suma —Angus arrugó la frente, con el ceño fruncido.

—Tendremos que averiguarlo. ¿Crees que Emilie lo sabrá? —las esperanzas de Edna volvieron a crecer. Podía sentir la emoción de una victoria inminente recorriendo su cuerpo.

Angus se encogió de hombros.

—Tendrás que hablar con ella, pero pareció sorprendida al descubrir que no tenían dinero. No estoy seguro de que sepa más que nosotros.

Edna lo pensó por un momento.

—Probablemente sea cierto. ¿No se escandalizarán Matteo y la Reina Madre cuando se enteren? —sintiéndose más segura de las cosas, el apetito de Edna reapareció mientras cogía un poco de queso del plato de Angus.

—¿Quieres un plato para ti?

—Creo que sí —ella sonrió mientras cogía otro pequeño trozo de queso.

—Bien —Angus hizo una señal al hombre que había traído su plato, haciéndole saber que Edna quería comer.

En poco tiempo, un plato de pan, carnes y quesos fue colocado frente a ella.

—Gracias —dijo Edna.

—De nada, señora.

Esperó a que el hombre desapareciera antes de volver a hablar.

—Ya me siento mejor. Creo que tenemos una solución a nuestro problema. Cuando terminemos aquí, deberíamos dirigirnos directamente al palacio, ¿no crees?

—Creo que si eso es lo que quieres hacer, entonces es lo que haremos.

—Eres todo un encanto esta mañana, Angus amor —Edna esperaba que el amor que sentía por él fuera tan evidente para él como lo era para ella.

—¿Acaso no soy siempre un encanto? —preguntó, fingiendo sentirse insultado.

—Lo eres y te amo por ello —ella le lanzó un beso al otro lado de la mesa.

Angus se rio.

—Termina de desayunar ahora para que podamos seguir nuestro camino.

* * *

AL LLEGAR A LAS TULLERÍAS, fueron recibidos por un sirviente con una nota para Angus.

—¿De quién es? —preguntó Edna, intentando echar un vistazo a la nota.

—Matteo —Angus miró el trozo de papel en su mano—. Le gustaría que me reuniera con él. Tiene algo que desea discutir conmigo —dobló el papel y lo colocó en su escarcela.

—Deberías ir. Veré si puedo encontrar a Emilie —si todo iba bien, Edna pensaba que podrían resolver este dilema hoy mismo.

Angus se marchó con el sirviente y Edna se dirigió a la sala del trono donde esperaba encontrar a Emilie.

Había varias mujeres presentes, todas ellas damas de honor de María de Médicis. Edna se maravilló con sus vestidos. Cada una era hermosa a su manera. Satenes y sedas con cintas y bordados que representaban flores, árboles, pájaros y ciervos. Edna sabía, por su propia experiencia con los vestidos del siglo XVII, que llevaba horas ponerse un conjunto, sobre todo sin ayuda. La ropa de la época estaba hecha para la belleza, no para la comodidad.

Edna sonrió a modo de saludo cuando entró en la habitación. Cada una de sus pisadas resonaba con fuerza al caminar. Los altos techos y la vasta extensión de la sala eran ideales para escuchar a escondidas. Por supuesto, cuando estaba abarrotada de gente no era un problema, pero esta mañana, con la presencia exclusiva de las damas de la corte, cada palabra que pronunciaban se transmitía fácilmente de un extremo a otro de la sala.

Su objetivo había sido encontrar a Emilie para que pudieran charlar, pero no estaba presente. Edna estaba a punto de marcharse cuando llegó la Reina Madre y caminó directamente hacia ella.

—Madame Campbell, ¿cómo está usted esta mañana? —preguntó María.

Edna hizo una profunda reverencia a la Reina Madre.

—Estoy bien, Su Alteza. Estaba buscando a Emilie.

—Le están probando el vestido con el que se va a casar.

—Ya veo. ¿Cuándo se celebrará la boda? —era una información que Edna necesitaba desesperadamente.

—Mañana en la capilla de las Tullerías —María miró más allá de Edna a alguien que estaba entrando en la habitación y, al parecer, encontrándolo menos que interesante, se volvió hacia Edna.

—¿Tan pronto? —preguntó, sintiendo que una oleada de pánico la golpeaba de nuevo.

María se rio.

—Parece que nuestra novia tiene prisa por casarse.

—Esperaba poder hablar con ella esta mañana —dijo Edna.

—Está en la habitación al final de la escalera con la modista. Estoy segura de que valorará tu opinión sobre su vestido. ¿Por qué no te unes a ella?

—Creo que lo haré —Edna hizo una reverencia a la Reina Madre una vez más y se apresuró a salir de la habitación.

Al final de la escalera, entró en una pequeña habitación donde Emilie estaba de pie en una plataforma redonda mientras la modista marcaba el dobladillo de su vestido. Era una bonita tela de satén azul pálido, como muestra de la pureza de Emilie. Largas piezas de encaje beige recorrían el vestido desde el corpiño hasta el dobladillo, dejando que la tela central brillara por sí sola. Las mangas estaban abullonadas hasta los codos y se ceñían allí con una cinta bordada antes de continuar de forma más estrecha hasta la muñeca. El dobladillo de las mangas estaba decorado con el mismo encaje utilizado para crear la reticella en forma de abanico que se elevaba desde el escote del vestido hasta situarse detrás de su cabeza. Parecía una princesa en todos los aspectos, excepto en uno. Parecía terriblemente infeliz.

—Emilie —dijo Edna—. Estás preciosa.

Emilie levantó sus ojos caídos para mirar a Edna.

—Gracias, pero no me siento hermosa.

—No voy a discutir contigo, pero veo a una hermosa joven lista para empezar una nueva vida —la voz de Edna carecía del entusiasmo que uno podría esperar en un momento como este. La belleza de Emilie en este momento debería ser compartida con Robert, no con Matteo.

—¿Nos disculpa un momento? —dijo Emilie a la mujer que marcaba el vestido.

—Por supuesto. Estaré afuera cuando estés lista para continuar —salió de la habitación, cerrando la puerta tras ella.

—Emilie, tenemos que hablar —Edna se acercó y pudo ver las ojeras de la joven—. Tengo una pregunta importante para ti.

Emilie se bajó de la plataforma.

Edna cogió las manos de Emilie entre las suyas.

—Sé que hemos descubierto que tu padre se quedó sin nada antes de su muerte. Me pregunto, ¿él organizó una dote para ti?

Unos ojos muy abiertos respondieron a la pregunta de Edna.

—No lo sé —tartamudeó Emilie—. No habló de esos asuntos conmigo. Tal vez la Reina Madre lo sepa —se pasó las manos por la parte delantera del vestido, pero no parecía haber ningún placer en ello.

—Si él no lo hizo, no te sorprendas si Matteo no desea casarse contigo —Edna rebosaba de emoción, la cual hizo lo posible por contener mientras esperaba la reacción de Emilie.

Con el rostro confundido, Emilie se tomó un momento antes de hablar. Entonces, apareció un pequeño atisbo de esperanza.

—¿Qué quieres decir?

—Esto podría ser exactamente lo que habíamos esperado. Si Matteo no se casa contigo, serás libre para estar con Robert —Edna pudo ver que su emoción no estaba conmoviendo a Emilie de la manera que había esperado. La euforia que había esperado simplemente no estaba allí.

—Estoy segura de que mi padre se habría encargado de que todo estuviera en su sitio cuando hicieron el acuerdo —había un tono incierto en su voz, como si no estuviera segura de depositar sus esperanzas en lo que podría ser solo un sueño imposible.

Su respuesta fue un poco a la defensiva, y aunque tenía sentido que estuviera protegiendo el nombre de su padre, Edna todavía no podía decir si Emilie estaba contenta con esta posibilidad o no.

—¿Estás de acuerdo en que eso sería algo bueno?

—Me voy a casar mañana. No veo cómo va a cambiar eso —la emoción parecía haber sido drenada de ella ya que no había ninguna en su voz o en su cara mientras hablaba.

—Yo sí —Edna se mostró firme—. Debo averiguar cómo funciona todo esto. ¿Hay un acuerdo matrimonial? ¿Se ha cumplido? ¿Qué pasaría si no se cumple?

La respuesta de Emilie fue cortante e inesperada.

—No sé las respuestas a ninguna de esas preguntas. No me voy a hacer ilusiones solo para que queden destrozadas una vez más. Ahora, si me disculpas, me gustaría terminar con mi vestido.

Edna no entendía el comportamiento de Emilie. Debería alegrarse por el hecho de que podría haber una oportunidad de salir de este matrimonio; en cambio, parecía irritada de que Edna le mencionara siquiera el tema. Despedida sin más, Edna salió de la habitación y esperó que hubiera alguna forma de conseguir la información que necesitaba.

* * *

ANGUS LLAMÓ a la puerta de la habitación de Matteo y fue recibido por un criado. La decoración de la habitación era sencilla en comparación con todas las demás que Angus había visto en las Tullerías, pero más que cómoda para sus estándares. Matteo estaba sentado en una silla acolchada leyendo cuando Angus llegó.

—Angus, me alegro de que estés aquí —Matteo se levantó y lo recibió en la puerta.

—¿Qué puedo hacer por ti, Matteo? —dijo, preguntándose por qué diablos Matteo necesitaba verlo.

—Me pregunto si estarás presente cuando me reúna con la Reina Madre —Matteo levantó las cejas en forma de pregunta mientras esperaba la respuesta de Angus.

—Por supuesto, estaré encantado de acompañarte. ¿De qué se trata esta reunión? —Angus no tenía ni idea de lo que Matteo iba a decirle.

—No ha habido ninguna mención sobre la dote de Emilie. Su padre ha fallecido y no estoy seguro de dónde está la dote —la cara de Matteo era una mezcla de preocupación, frustración e irritación.

—¿Quieres decir que aún no la has recibido?

—No esperaría recibirla hasta después de casarnos, pero no se ha hecho ningún plan para transferir la dote a mi nombre. Espero que la Reina Madre tenga las respuestas.

Angus se preguntaba lo mismo y expresó su opinión. Esperaba no estar sobrepasando sus límites, pero sentía que era injusto que Matteo se quedara sin conocer la verdad.

—Matteo, he estado preocupado por lo mismo. Cuando Edna y yo nos reunimos con Emilie en la finca de su padre, nos sorprendió ver la propiedad en un terrible estado de deterioro y con un solo sirviente presente para cuidar del hombre.

—¿Crees que no hay dote? —la voz de Matteo subió de tono cuando ese pensamiento pareció abrirse paso en su cerebro.

—No lo sé. Yo habría pensado que eso ya estaba resuelto —esto se estaba convirtiendo en un interesante giro de acontecimientos. Matteo no sabía dónde estaba la dote. María no había dicho nada al respecto. Angus estaba bastante seguro de que no había dote y, si estaba en lo cierto, las cosas estaban a punto de dar un giro.

—Debo averiguarlo. Si no hay dote, no habrá boda —dijo Matteo, golpeando la palma de su mano con un puño.

Eso le pareció bien a Angus. Matteo le agradaba y sabía cómo se sentía con respecto al matrimonio, así que si se daba el caso de que Emilie no tenía dote, todos estarían contentos. O eso esperaba.

—¿Cuándo es la reunión? —preguntó Angus.

—Mañana por la mañana —la atención de Matteo parecía fluctuar entre Angus y sus propios pensamientos.

—Pero, ¿no te casas mañana? —Angus enarcó una ceja en señal de duda.

—Sí, pero hasta la tarde. La Reina Madre tiene todo planeado —Matteo comenzó a pasearse de un lado a otro frente a Angus.

—Ella no estará contenta si esto no funciona.

—No puedo evitarlo —su voz estaba llena de indignación—. Si me han mentido, entonces tengo todo el derecho a rechazar el matrimonio.

—Entonces, estaré aquí mañana temprano para la reunión —le aseguró Angus.

—Gracias, amigo mío. He tenido la suerte de encontrarte aquí, en este lugar donde me siento muy extraño.

Angus se sintió conmovido por las palabras de Matteo. Se había encariñado con él desde su primer encuentro. Era un hombre muy culto que hablaba con autoridad sobre muchos temas. Le había comentado a Angus más de una vez que se sentía fuera de lugar aquí en las Tullerías y que se alegraría cuando llegara el momento de volver a su casa.

Angus sabía cómo se sentía. Aunque estaba disfrutando de su estancia en la corte de Luis XIII, no veía la hora de volver a casa, a su gran y cómodo sillón, a su acogedora chimenea y a sus periódicos. Era un hombre de costumbres y se preguntaba qué podría haberse perdido durante su estancia en Francia.

—Me pregunto si quieres acompañarme a dar un paseo. Me parece que necesito un poco de aire fresco en este hermoso día —Angus comprendía que Matteo debía estar nervioso por el día de mañana, y deseaba apoyarlo lo más posible. Después de todo, pronto podría ser responsable de una esposa.

—Eso me gustaría mucho —dijo Matteo, dando una palmadita en la espalda a Angus.

Caminaron por las orillas del Sena, disfrutando de las vistas, los sonidos del río y de su flora y fauna.

—Matteo, sé que la idea de una esposa no es algo que hayas tenido antes, pero ¿qué hay de los hijos? ¿Te gustaría tener un hijo para continuar con tu linaje?

—Apenas he aceptado que tendré una esposa. No me interesan los hijos.

Angus consideró interesantes sus palabras.

—¿Ni siquiera tener un heredero?

Matteo se detuvo y miró hacia el agua, escudriñando la superficie mientras una nutria aparecía y desaparecía juguetonamente.

—Mi testamento está preparado. Cuando muera, mi dinero irá a la iglesia como siempre he querido.

—¿Y qué pasará con Emilie? —preguntó Angus. Si seguían adelante con este matrimonio, ella terminaría sola en un país extranjero.

—Ella recibirá un pequeño estipendio que le durará el resto de sus días. Si ella se casa, el dinero irá a la iglesia —la nutria apareció de nuevo, provocando una pequeña sonrisa en su rostro.

—Realmente has pensado mucho en esto.

—Por supuesto. No quiero que mi dinero se desperdicie en frivolidades y por eso era importante para mí tener un plan.

Angus tenía que admirar la atención de Matteo a sus detalles financieros aunque no estuviera de acuerdo con él. Él y Edna no eran ricos, pero siempre habían tenido suficiente. Había muchas más cosas en la vida que eran importantes. Cosas que el dinero no podía comprar; el amor y la felicidad entre ellas. Se preguntó si Matteo se había enamorado alguna vez, así que le preguntó.

—Una vez, hace mucho tiempo.

—¿Qué pasó? Si no te importa que te lo pregunte.

—Es demasiado complicado de explicar. Nuestro amor no estaba destinado a ser —un poco de melancolía se oyó en su voz.

—¿Y no te has vuelto a enamorar desde entonces? —Angus estaba sorprendido por esto.

—Nunca. No me permitiría ese lujo. Es demasiado doloroso cuando las cosas se acaban.

Angus podría haber dicho que el amor no tenía por qué terminar, pero se dio cuenta de que aquí había más de lo que le estaban contando, así que lo dejó así. Se sentía triste por Matteo. Triste porque nunca había tenido a alguien en su vida como Angus tenía a Edna. Alguien que estaría allí sin importar lo que la vida les presentara. Triste porque él consideraba el matrimonio como una carga financiera y los hijos como otra pérdida de su riqueza. Angus y Edna se consideraban afortunados de tener a su hija. Ella había elegido vivir en otro siglo y la echaban mucho de menos, pero había otras personas en sus vidas que ayudaban a llenar el vacío provocado por su ausencia. Pensó en Maggie y Dylan y esperó que estuvieran bien, esperando que ellos volvieran a casa antes de que nacieran esos pequeños gemelos. Apoyó una mano en el hombro de Matteo.

—Eres un buen hombre, Matteo. No te deseo más que felicidad a partir de hoy.

—Yo deseo lo mismo para ti, amigo mío —una sonrisa triste apareció y desapareció rápidamente de su rostro—. Tal vez me visites en Roma alguna vez.

Matteo lo había mencionado una vez y a Angus no le pareció mal ofrecer algo de esperanza.

—Si es posible, estaré encantado de ir a visitarte.

Continuaron su paseo, maravillándose con los brillantes cisnes blancos que flotaban en las cercanías; los cernícalos, los cormoranes y más nutrias meciéndose en las ondulantes aguas del Sena. Angus estaba feliz de haber hecho un nuevo amigo, pero triste porque probablemente no lo volvería a ver una vez que regresara a casa.

CAPÍTULO 11

*E*dna cerró la puerta de su habitación en la posada y dejó escapar un profundo suspiro. Las cosas no estaban yendo como ella había esperado. Angus encendió el fuego en la chimenea y Edna lo miró fijamente mientras se le ocurría una idea.

—Voy a contactar con Maggie. Tal vez ella pueda ayudarme a resolver todo esto.

Sentada cómodamente frente al fuego, miró fijamente las llamas y buscó a su sobrina.

—Maggie, ¿estás ahí? —Edna esperó unos instantes antes de volver a preguntar—. Maggie, soy yo, tu tía Edna. Necesito tu ayuda. ¿Estás ahí?

Las llamas ardieron y se separaron cuando apareció Maggie.

—Estoy aquí, tía. ¿Dónde estás?

—Estoy en Francia. En París para ser exactos, en la corte de Luis XIII en el Palacio de las Tullerías.

—¡Vaya! Suena divertido —dijo Maggie, moviéndose en su silla.

—Te ves incómoda, querida. ¿Todo está yendo según lo previsto con el embarazo?

—Todo va bien, pero sí, incómodo. El pobre Dylan tiene que hacer todo por aquí. Se ha vuelto muy difícil hacer incluso las tareas más simples. No puedo verme ni los dedos de los pies.

Edna se rio. Necesitaba esto. Su nivel de estrés se había disparado en los últimos días.

—¿Ya habéis cerrado la posada?

—Los últimos huéspedes se fueron esta mañana. Cerraremos hasta que lleguen los bebés.

—Prométeme que esperarás a que volvamos. Iremos directamente allí cuando volvamos —Edna no podía esperar a conocer a los nuevos bebés, y le preocupaba que su misión aquí estuviera tardando mucho más de lo previsto.

—No estoy segura de poder hacer esa promesa. Depende de cuándo volváis.

—Espero que no pase mucho tiempo. Estoy teniendo dificultades con la joven que me hizo venir hasta acá.

Maggie bostezó.

—Lo siento. No he estado durmiendo bien. Estos pequeños están despiertos toda la noche. Parece que tienen una pelea ahí dentro.

—Desearía estar allí con vosotros. Podría ayudar con muchas cosas.

—Lo tenemos todo bajo control —le aseguró Maggie—. Ya tienes suficiente trabajo allí donde estás. Así que dime por qué esta muchacha te está dando problemas.

—Está decidida a seguir adelante un matrimonio que ni ella ni el novio quieren —la exasperación de Edna era evidente en su voz.

—Si ninguno de los dos lo quiere, ¿cuál es el problema? —preguntó Maggie.

—Su padre ha fallecido y ella siente que está honrando sus últimos deseos. La boda es mañana —sacudió la cabeza con incredulidad.

—Entonces no tienes mucho tiempo para solucionar esto —Maggie se detuvo un momento, cerrando los ojos—. Tengo la sensación de que hay alguien más involucrado. Estoy sintiendo algún engaño alrededor del novio.

—¿Crees que el novio está siendo deshonesto? —preguntó Edna.

Pensó en Matteo y en lo comunicativo que había sido con sus sentimientos sobre el matrimonio. No lo había creído capaz de engañar.

Maggie negó con la cabeza.

—No el novio. Otra persona.

—Creo que tienes razón con eso, Maggie, mi amor.

—Creo que si puedes encontrar a esa persona, tus problemas con la novia se solucionarán.

—Oh, Maggie, querida, te echo mucho de menos. Será mejor que tenga éxito con esta pareja o puede que vuelva a vivir en Glendaloch.

—Sabes que eso nos encantaría —Maggie sonrió cariñosamente y le lanzó un beso.

—Lo sé, y si eso sucede, que así sea —ella aceptaría la decisión del consejo, pero en su corazón, ella quería hacer esto bien. Emilie y Robert eran el uno para el otro, ella lo sabía. Había mucho en juego aquí—. Es solo que Angus y yo teníamos planes para muchas aventuras juntos antes de retirarnos.

—Tía, creo que estoy perdiendo mi conexión aquí. ¡No puedo esperar a verte y a mi tío! Os amo a los dos.

—Adiós, querida. Nos veremos pronto.

El rostro de Maggie se desvaneció en el fuego. Edna se levantó de mala gana y se dirigió a la ventana. Angus se unió a ella, de pie junto a su hombro mientras miraba el pequeño patio de abajo.

—¿La charla con Maggie ayudó?

—Oíste lo que ha dicho. Alguien está siendo deshonesto.

—Si tuviera que adivinar, solo hay dos personas que podrían ser. María o Concini.

—Lo mismo pienso yo. ¿Qué ganarían con eso? Arreglar un matrimonio para una chica sin dote es bondadoso, pero no creo que ninguno de esos dos lo haga por la bondad de su corazón —miró hacia la calle. Estaba oscura y silenciosa—. Emilie no sabe nada de la dote. Parece que nadie le ha dicho nada.

Angus frotó los hombros de Edna mientras hablaba.

—Matteo también está al margen de todo. No ha oído nada en absoluto. Me ha pedido que me reúna con él por la mañana para hablar con Marie sobre el tema.

—Debería ser una reunión interesante, ¿no crees?

—Estoy seguro de que lo será. Ya me ha dicho que sin dote no hay boda.

—Eso es algo bueno. Supongo que debemos rezar para que no haya ninguna. Aunque Emilie sigue comportándose de forma muy extraña. Es como si se casara con Matteo por un sentido del deber sin importar lo que pase. Tengo la impresión de que la ausencia de dote sería una decepción para ella.

—Ella solo está interesada en cumplir los deseos de su padre. Puedo entenderlo, especialmente porque fue su último deseo.

—Tienes razón. La pobre chica ha pasado por mucho últimamente. No es de extrañar que sienta que su mundo está patas para arriba —sentía compasión por Emilie. Realmente la sentía, pero Edna no iba a dejar que las dudas de Emilie la desviaran de su objetivo—. Nos hizo venir aquí a través de su sincero deseo a la luna y ahora se comporta como si la idea de que yo quiera verlos a ella y a Robert juntos fuera ridícula. Mi trabajo es arreglar las cosas, pero necesito un poco de cooperación de Emilie.

—Todo se solucionará muy pronto —Angus, una vez más, se mantuvo frío y tranquilo ante la creciente irritación de Edna.

—No puedo hacer mucho sin hechizarla, y realmente no quiero hacer eso. Creo que el asunto de la dote solucionará la mitad del problema —se golpeó el labio inferior con el dedo índice mientras pensaba.

Angus cogió su mano, deteniéndola.

—Escúchame. Tal vez cuando se dé cuenta de que Matteo no se casará con ella, saldrá de esta melancolía impulsada por el dolor en la que está sumida.

—Eso espero. Si no, volveré al Consejo de Brujas como un fracaso, y en mi primer encargo —Edna dejó escapar un profundo suspiro mientras sus hombros se desplomaban.

Angus le levantó la barbilla y la miró a los ojos.

—Edna, amor, nunca has fallado a nadie que necesite tu ayuda. Esta vez no lo harás —tiró de ella hacia sus brazos, envolviéndola en un cálido abrazo—. Te preocupas demasiado.

—Sé que lo hago, pero es tan obvio que Robert y Emilie deberían estar juntos. Sería inimaginable que las cosas no funcionaran para ellos.

—Pronto lo sabremos —Angus le besó la punta de la nariz y Edna se acurrucó en sus brazos.

—Eso es lo que me asusta. Esperaba tener más tiempo, pero ahora todo va a gran velocidad.

—Así es, mi amor. Así es —apoyó su barbilla sobre la cabeza de ella.

—Estoy mental, física y emocionalmente agotada —permitió que Angus la guiara por la habitación.

—Ven entonces. Vamos a meterte en la cama. ¿Quieres un poco de té? —preguntó mientras la ayudaba a quitarse el vestido.

—No, gracias. Solo necesito dormir un poco. Necesito tener la cabeza despejada para mañana —Edna se puso un camisón y se metió en la cama.

—¿Viste a Robert hoy? —preguntó Angus, arropándola.

—No —Edna apoyó su cansada cabeza en la almohada, cerrando los ojos.

—Yo tampoco —dijo Angus, subiendo a la cama junto a ella y apagando la vela de la cabecera.

—Me pregunto dónde estaba.

—Me pareció oír a uno de los criados de Luis decir algo sobre ir de caza —se giró para mirar a Edna, colocando un brazo protector sobre su cintura.

—Si él está fuera, probablemente sea lo mejor. No querrá estar presente si, a pesar de nuestros esfuerzos, Emilie termina casándose con Matteo.

LUIS XIII OBSERVÓ cómo sus hombres montaban la enorme carpa real que habían traído consigo. Al dejar el palacio ayer por la mañana, se habían tomado su tiempo para viajar a su lugar de caza final.

—Este es un momento ideal para un viaje de caza, ¿no estás de acuerdo, Robert?

—¿Qué tiene de diferente hoy que cualquier otro día de caza? —preguntó Robert, sin importarle mucho la respuesta ya que sus pensamientos estaban en otra parte.

—En realidad, nada. Estaba cansado de la vida en la corte. Me aburría y mi madre me estaba volviendo loco. Tenía que alejarme de ella.

Robert solo asintió y escuchó. Luis y María se peleaban a menudo y él había escuchado eso en muchas ocasiones. A María le estaba costando adaptarse al hecho de que Luis había alcanzado la mayoría de edad más rápido de lo que le gustaba y que pronto sería rey.

Luis miró a Robert de reojo antes de continuar.

—Ella solo habla de Emilie y Barbieri y de la boda.

Robert cerró los ojos, exhalando sus frustraciones respecto a Emilie.

—Lo siento. Probablemente no debería hablar de eso contigo, ¿verdad?

Robert lo conocía lo suficientemente bien como para saber que había elegido ese tema a propósito sabiendo que le iba a molestar.

—Eres el rey. Puedes hablar de lo que quieras.

—Sabes que la boda es mañana, ¿o no te has enterado? —preguntó Luis.

—No. No me había enterado —Robert intentó parecer sorprendido e hizo todo lo posible por calmar las ganas de subirse a su caballo y correr de regreso al palacio. No podía creer que ella siguiera adelante con esto, aunque ¿qué opción tenía realmente? Lo que le molestaba era cómo había cambiado de rumbo con respecto a él. Un día había estado convencida de que Edna resolvería todos sus problemas y luego, tras la muerte de su padre, había estado convencida de que iba a casarse con Barbieri porque ese había sido el deseo de su padre. Él no podía hacer nada al respecto, pero en su corazón quería salvarla de sí misma.

—¿En qué estás pensando? —preguntó Luis.

Exasperado, su respuesta a Luis fue cualquier cosa menos la forma en que se debía responder a un rey.

—¿Por qué te importa? ¿Deseas provocarme aún más hablando de Emilie y su matrimonio?

—Pareces frustrado —observó Luis, quien parecía impávido ante la respuesta de Robert a su pregunta.

—Estoy frustrado. No puedo hacer para detener lo que está a punto de suceder. Pensé que tendría tiempo para convencerla...

—¿Convencerla de qué?

Robert dejó de lado su irritación con Luis.

—Convencerla de que debe estar conmigo. Que debería desobedecer a todos los que la controlan y huir conmigo.

—Todavía puedes hacer eso —Luis parecía estar teniendo un momento de sabiduría.

—¿Cómo?

—Cabalga de regreso al palacio. Encuéntrala. Cuéntale tu plan. Si te ama, desafiará a mi madre para estar contigo.

—Quieres que lo haga porque eso haría enfadar a tu madre. ¿Estoy en lo cierto?

Una sonrisa torcida apareció en la cara de Luis.

—Lo estás.

No le importaba cuál era la motivación de Louis. Lo que le importaba a Robert era saber si sería capaz de convencer a Emilie de que estaba cometiendo un error del que se arrepentiría el resto de su vida. Tenía que intentarlo. No podría perdonarse si no lo hacía. Miró a Luis, que parecía estar fuera de sí con alegría.

—¡Ve! —dijo Luis.

—No creo que deba dejarte. ¿Y si me necesitas? —para Robert, su deber con el rey siempre era lo primero, y aunque no quería otra cosa que marcharse, había hecho un juramento de deber al rey.

—¿No ves que hay muchos hombres que hay aquí? Si no pueden ser útiles, entonces he elegido el grupo equivocado para acompañarme.

Robert miró alrededor del campo. Había varios guardias y sirvientes muy capaces. Luis tenía razón. Estaría bien sin Robert.

—Te veré en la corte —dijo Robert mientras saltaba a su caballo y se alejaba al galope. Emilie escucharía lo que tenía para decir y él aceptaría su respuesta, sin importar cuál fuera.

* * *

—¿Estás listo, Matteo? —Angus saludó a Matteo afuera de la sala del trono.

—Angus, gracias por acompañarme. ¿Entramos?

—Matteo, te veo ahí fuera. Entra —la voz de María de Médicis llegó hasta donde ellos estaban de pie.

Los hombres se miraron con las cejas alzadas y luego entraron en la sala donde Marie estaba sentada, esperándolos.

—Su Alteza —ambos hombres se inclinaron ante ella.

—Te casarás esta tarde —María miró a Matteo con el aire seguro de una mujer que hacía anuncios que no admiten discusión.

—Antes de hablar de la boda, debo preguntar por la dote de Emilie. Ahora que su padre ha muerto, tengo preguntas —estaba claro que Matteo no se dejaría intimidar por María.

—Preguntas. ¿De qué? —María le contestó bruscamente.

—El matrimonio ha sido arreglado entre usted y el Conde Toussaint. Yo no participé en las negociaciones. Me aseguraron que habría una dote considerable, pero no he visto pruebas de ello.

—El Conde Toussaint me aseguró que habría una dote, y eso es todo lo que necesitas saber —le hizo un gesto desdeñoso con la mano a Matteo.

—Si hay una dote, ¿dónde está? —preguntó, sonando como un hombre que no se dejaría amedrentar por Su Alteza Real.

María se estaba irritando.

—¿Puedo recordarte que estás hablando con la Reina Madre?

—Mis disculpas, Su Alteza. No quise ofenderla. Es solo que Angus estuvo con Emilie cuando su padre murió y notó algunas peculiaridades que usted puede no conocer.

María miró a Angus con cara de disgusto.

—Bueno…

—Su Alteza, mi esposa y yo nos dimos cuenta de que su casa estaba en mal estado y que solo le quedaba un sirviente para cuidarlo. Parece que le dijo a Emilie que lo había perdido todo y que solo le habían permitido quedarse en su casa porque moriría pronto.

La respuesta inmediata de María fue de sospecha. Miró en silencio a Angus como si estuviera pensando qué decir a continuación. Angus creía que ella había sido consciente de todo esto desde el principio.

—¿Por qué no se me ha informado de esto? —preguntó María, mirando a su alrededor en busca de alguien para culpar.

—No lo sé, Su Alteza —dijo Angus.

—¡Bertrand! —gritó ella.

Un hombre con gafas entró corriendo en la habitación.

—Sí, Su Alteza.

—¿El Conde Toussaint ha hecho arreglos para la dote de Emilie Toussaint?

—No he visto nada hasta el momento —la voz de Bertrand tembló al hablar.

María lo miró con enfado.

—Iré a buscar en los registros —se apresuró a salir de la habitación.

—No importa. Con o sin dote, te casarás esta tarde.

—Su Alteza. La única razón por la que acepté este matrimonio fue porque recibiría una generosa dote. Me temo que no puedo seguir adelante hasta que me aseguren que seré compensado.

Los ojos de María se entrecerraron mientras miraba a Matteo. Estaba enfadada, eso era evidente. De nuevo, a Angus le pareció sospechoso su comportamiento. En su opinión, ella sabía más de lo que decía.

—Entonces habrá que posponer la boda. Puede que Bertrand tarde en localizar los documentos que buscamos —ella se puso de pie y salió de la habitación, dirigiéndose a sus damas haciendo reverencias en el camino a través de las puertas—. Buscadme inmediatamente a Emilie Toussaint.

—Eso ha salido bien —Angus se rio.

—Está bastante enfadada —respondió Matteo—. No tan enfadada

como lo estaré yo si no hay dote. No me obligará a casarme, te lo prometo.

—Parecía decidida a que la boda se llevara a cabo —al menos esa era la esencia de lo que Angus había escuchado.

—Sin dinero, la chica no es mejor que una indigente. Lo siento por ella, pero no me casaré con ella.

* * *

Emilie llamó a la puerta de las habitaciones privadas de la Reina Madre. Estaba nerviosa. Las damas de la corte la habían encontrado en el jardín y le habían dicho que la Reina Madre estaba enfadada y necesitaba verla.

—Entra.

—Deseaba verme, Su Alteza —Emilie hizo una reverencia y luego sostuvo las manos frente a ella para evitar que temblaran. María no parecía enfadada ahora. Tal vez las damas se habían equivocado.

María examinó a Emilie de pies a cabeza antes de hablar.

—Tengo entendido que tu padre no tenía recursos al momento de su muerte. ¿Aceptas que esto es cierto?

—Me temo que sí. No sé cómo ocurrió —a Emilie le sorprendió que la Reina Madre no estuviera al tanto de eso. A su padre no le habría gustado que se hiciera público, pero seguramente se lo había comunicado a la Reina Madre cuando se reunieron para concertar el compromiso.

—¿Y qué hay de tu dote? —preguntó María. Extendió la mano frente a sí misma y se examinó las uñas mientras esperaba la respuesta de Emilie.

—No sé nada de mi dote, Su Alteza. Creía que mi padre lo había arreglado todo la última vez que visitó el palacio —este no era un tema que se hubiera discutido con ella, y la Reina Madre lo sabía.

—Lamento decir que si no podemos encontrar pruebas de una dote, Matteo no se casará contigo.

Ciertamente no sonaba apenada, pero sus palabras le dieron a

Emilie cierta esperanza de no tener que casarse con un hombre que no amaba.

—Ya veo —si el matrimonio no se celebraba, ¿qué pasaría con ella? Emilie se preguntó. ¿A dónde iría? ¿Robert la seguiría queriendo después de que ella lo había alejado por lo que pareció la última vez?

—Hemos pospuesto la boda hasta que tengamos nuestras respuestas —declaró.

—¿Qué pasará si no tengo dote? —preguntó Emilie, sin estar segura de querer oír la respuesta. Se le hizo un nudo en el estómago y las rodillas le temblaron tanto que creyó poder desmayarse.

—Eso es algo que debo decidir. Serás demasiado pobre para quedarte aquí en la corte —se dirigió a la ventana y miró hacia el patio —. Siempre está el convento. O tal vez pueda convencer a Barbieri de que es mejor que él se case contigo —se volvió hacia Emilie—. No tiene sentido tomar decisiones hasta que tengamos noticias de Bertrand. Vete. Te llamaré cuando lo sepa.

Emilie salió de la habitación sintiendo varias emociones a la vez. Emoción por la posibilidad de no tener que casarse con Matteo. Ansiedad por no saber qué será de ella. Por último, una pequeña esperanza de poder estar con Robert.

Al dirigirse al exterior para sentarse bajo su castaño favorito, Emilie no pudo evitar sentirse ansiosa por su futuro. Mientras estaba sentada intentando aclarar su mente, notó que un caballo atravesaba a toda velocidad el jardín hacia el establo. ¿Podría ser Robert? Se levantó para verlo mejor. Era Robert. Su estatura, su complexión y su falda escocesa eran inconfundibles incluso a distancia. Observó cómo desmontaba y guardaba su caballo antes de dirigirse al palacio. No se atrevió a llamarlo, ya que atraería una atención no deseada, pero se apresuró en su dirección, prácticamente corriendo mientras se levantaba las faldas.

Robert debió oírla mientras corría porque se giró para verla. Corrió hacia ella, la cogió del brazo y la guio lejos del palacio hasta un lugar apartado en el jardín que habían encontrado meses atrás, junto a un bosquecillo al borde de un estanque.

En su lugar secreto se escuchaba el zumbido de los insectos, el pío de los pájaros y el susurro de las hojas de los árboles mientras las ardillas saltaban juguetonamente de rama en rama por encima de sus cabezas. Era un lugar hermoso, pero Emilie lo había evitado últimamente. No quería que sus recientes problemas empañaran un lugar que guardaba recuerdos tan maravillosos. Recuerdos que había creado con Robert en una época anterior a su compromiso.

—Robert, debo hablar contigo —dijo, sin aliento por haber corrido a su encuentro.

—Yo también.

—¿Qué pasa? —preguntó Emilie, queriendo escuchar lo que tenía para decir antes de abrirle su corazón. La forma en que la miraba hizo que su corazón latiera un poco más rápido. Su mano voló a su vientre para calmar las mariposas que había allí.

—No puedo dejar que sigas con esto, Emilie. Te amo y deseo que seas mi esposa —la seriedad de sus palabras conmovió su corazón.

—Yo también lo deseo, Robert —Emilie se sintió aliviada. No lo había ahuyentado para siempre como había pensado. Él todavía quería que fuera su esposa.

—Sé que vas a casarte con Barbieri, pero podríamos huir juntos. Podríamos volver a Escocia. No irían a buscarnos allí —alargó la mano para apartar un mechón de pelo de sus ojos.

—Tal vez no tengamos que llegar a esos extremos. Es posible que mi padre no me haya dejado una dote. Matteo no quiere casarse conmigo sin una. Hoy no habrá boda. La Reina Madre ha decidido que esperaremos hasta encontrar los papeles de mi padre.

Una brillante sonrisa alcanzó los ojos de Robert mientras la cogía en sus brazos.

—Son buenas noticias.

—Soy pobre, Robert. No tengo nada. ¿Aún me quieres? —Emilie no tenía ni idea de lo que significaba ser pobre y eso la asustaba, pero con Robert a su lado podría afrontar cualquier cosa que la vida le pusiera por delante.

Su respuesta no la decepcionó.

—Más de lo que nunca he querido nada.

Robert bajó la cabeza y le dio un tierno beso en los labios. Emilie le rodeó el cuello con los brazos y sus dedos se enredaron en sus gruesos y oscuros rizos.

—Te amo, Robert MacMillan.

Sintió que las manos de Robert le masajeaban la espalda y luego se movían para coger sus pechos. Sus besos bajaron por su cuello y por la clavícula. Un escalofrío de placer le recorrió la columna vertebral mientras él la sostenía; sus cuerpos se tocaban de pies a cabeza. A través de las muchas capas de su vestido, podía sentir la dureza de su deseo por ella.

Emilie apoyó las manos en su pecho, empujándolo un poco para ver su rostro.

—Robert, debemos parar antes de que no podamos.

Él cedió a regañadientes y, cogiendo su cabeza entre las manos, le dio un último beso. Un beso que le derritió el corazón y le debilitó las rodillas.

—Pronto.

—Pronto —repitió ella.

Robert se recostó contra uno de los árboles que los habían estado ocultando.

—Me alegro de que Luis me haya enviado de regreso de nuestro viaje de caza, aunque sus razones eran más para su satisfacción que para la mía.

—¿De qué hablas? —preguntó Emilie, curiosa por saber por qué Luis querría ayudarlos.

—Le gusta hacer enfadar a su madre. Pensó que si yo venía a por ti, eso la enfadaría —Robert negó con la cabeza y se rio.

—Ella no tiene por qué saberlo —dijo Emilie, curvando sus labios en una dulce sonrisa.

—¿Crees que realmente no hay dote? —su voz estaba llena de esperanza.

—No estoy segura. Todo lo que sé es que mi padre quería que me casara con Matteo para que fuera cuidada. Fue su último deseo —su voz se quebró y, de repente, sintió un nudo en la garganta.

Robert la cogió en sus brazos una vez más. Esta vez fue para consolarla.

—Él te amaba y quería lo mejor para ti. Entiendo tu preocupación. Fue un buen padre para ti.

Emilie luchó contra las lágrimas que amenazaban con abrir las heridas que aún estaban cicatrizando. Él le limpió una lágrima de la mejilla y susurró:

—Todo irá bien. Estoy seguro de ello.

Emilie se fundió en su abrazo. Eso era lo que más deseaba: amar y ser amada. Fuera cual fuera el resultado, era una mujer que sabía lo que quería. La cuestión era, ¿lo lograría?

CAPÍTULO 12

A la mañana siguiente, Edna y Angus volvieron al palacio con la esperanza de recibir noticias sobre las nupcias de Emilie. La caminata hasta allí los llevó por el camino que se había vuelto bastante familiar para ellos. Era una mañana ajetreada en París. Se cruzaron con numerosas personas en su camino. Algunos se dirigían al palacio como ellos; otros al Sena para pasear; otros permanecían en pequeños grupos charlando alegremente entre ellos. Edna guio a Angus hacia la pequeña panadería donde había comprado pan con Emilie el día que habían paseado juntas. Compraron brioche y castañas cubiertas de azúcar y comieron mientras caminaban. En general, parecía la mañana perfecta. Edna cruzaba los dedos para que siguiera siéndolo y para que no hubiera dote y Matteo rechazara el matrimonio.

Una vez en el palacio, se dirigieron al patio donde se encontraron con Robert, quien parecía bastante contento de verlos.

—Buenos días. Es un hermoso día, ¿no creéis? —extendió los brazos para señalar el despejado cielo azul sobre ellos.

—Estás de buen humor esta mañana, Robert —dijo Angus, dándole una palmada en la espalda.

—Tengo una buena razón —dijo Robert con una amplia sonrisa que se extendía a sus ojos brillantes y felices.

—¿Qué has oído? —Edna se aferró a su brazo, alejándolo de los oídos indiscretos.

—Nada todavía, pero hay muchas posibilidades de que no haya dote —a Edna le encantaba verlo así de feliz. Desde su llegada a París, siempre había habido un aire de solemnidad en él que rara vez cambiaba.

Angus se aclaró la garganta mientras miraba a Edna y luego a Robert.

—El único problema es que ayer, María parecía inclinada a obligar a Matteo a casarse con Emilie, con dote o sin ella.

Robert frunció el ceño al oír esto.

—Si ese es el caso, ella huirá conmigo. Hablamos ayer.

—Eso es maravilloso. He estado en ascuas desde que te vimos por última vez. Espero que lo sepamos pronto —la mente de Edna iba a toda velocidad a pesar de las esperanzadoras noticias. Las cosas podían ir en cualquier dirección y debían estar preparados para ello.

—Sí. He hecho planes para encontrarme con ella en el jardín esta mañana. Discutiremos nuestra partida en ese momento.

—Entonces, todo va bien. Apenas me habéis necesitado —dijo Edna.

Robert miró a su alrededor en busca de alguien que pudiera estar espiando antes de hablar.

—Puede que todavía te necesitemos.

—¿De qué hablas? —preguntó Edna. Estaba decidida a ayudar en todo lo posible.

—Puede que necesitemos una distracción para poder alejarnos de aquí antes de que alguien piense en buscarnos —dijo Robert—. Emilie quiere esperar a saber lo de la dote antes de irnos.

—¿Para qué? ¿Por qué no partir ahora? —preguntó Edna. Si ella pudiera elegir, esa sería su opción para ellos.

—Ella no desea huir a menos que sea necesario. La Reina Madre puede decidir traerla de regreso —explicó Robert—. Si no hay dote, la

Reina Madre no la querrá aquí en la corte. Ya no le importará que Emilie se case con un soldado. ¿Por qué habría de hacerlo? El único problema sería si ella decidiera que Emilie debe seguir adelante con el matrimonio.

—Ya veo. Así que ella cree que María la echará si no tiene dinero —Edna deseaba estar tan segura como Robert y Emilie. María era difícil de leer, y tenía fama de tomar decisiones precipitadas.

—Sí, eso es lo que creemos —confirmó Robert.

—Recemos para que sea así de fácil —Edna intentó mantener la preocupación en su voz, no queriendo estropear el estado de ánimo de Robert.

—Debo irme. Emilie me estará esperando —se apresuró a atravesar el patio en dirección al jardín.

—Entonces, hazlo —dijo Angus. Se volvió hacia Edna una vez que Robert desapareció—. Puede que volvamos a casa antes de lo que pensábamos.

—Quiero ver a Maggie y Dylan. Los bebés llegarán cualquier día —Edna siempre tenía a su familia en sus pensamientos y se había asegurado de hacérselo saber a Maggie exactamente cuando habían hablado a través del fuego. Estar ahí para Maggie cuando llegaran los gemelos sería su prioridad número uno una vez que ella y Angus estuvieran de regreso en casa—. Maggie necesitará nuestra ayuda. Puede que tengamos que quedarnos una o dos semanas hasta que entren en la rutina con los niños. Me gustaría estar allí antes de que nos necesiten, si es posible.

—A mí también me gustaría. Será agradable ver la posada y a todos nuestros viejos amigos. Sé que no ha pasado tanto tiempo, pero los echo de menos —Angus rodeó los hombros de Edna con un brazo, estrujándolos.

Edna respondió con un brazo alrededor de su cintura.

—Sería maravilloso verlos, y siempre podemos invitarlos a visitarnos en Edimburgo. Tenemos una habitación libre para invitados.

Angus se volvió hacia ella y, con toda seriedad, dijo:

—Entonces, terminemos lo que hemos venido a hacer.

—Deberíamos buscar a Matteo y ver si ya se ha enterado de algo.

Angus extendió su codo para que Edna lo cogiera y se dirigieron al palacio, esperando buenas noticias.

* * *

—Matteo —llamó Angus, al verlo esperando a María en la sala del trono. Se dirigieron hacia él, deseosos de escuchar cualquier noticia.

Esa mañana, la sala estaba más concurrida que de costumbre. Parecía que mucha gente necesitaba una audiencia con María. Se encontraban en pequeños grupos aquí y allá. El bullicio de voces llenaba la sala, permitiéndoles hablar sin temor a ser escuchados.

—Buenos días, Angus —inclinó la cabeza cuando se acercaron—. Madame Campbell.

—Buenos días —dijo Edna—. ¿Alguna noticia?

—Todavía no. Siguen buscando cualquier cosa que el Conde Toussaint pudo haber enviado a palacio antes de su muerte —parecía más preocupado esta mañana y Angus se preguntó si la dote no era su única preocupación.

—No parecen muy organizados —señaló Edna.

—En absoluto —Matteo se paseó de un lado a otro durante un rato antes de detenerse frente a Angus—. La Reina Madre me ha amenazado.

—¿Te ha amenazado? ¿Cómo? —preguntó Angus, mientras Edna se acercaba.

—Me ha dicho que, incluso sin dote, debo casarme con Emilie. Dice que Concini tiene información sobre mí que destruiría mi posición en Roma.

—¿Sabes qué es? —preguntó Angus.

—Posiblemente.

Angus esperaba que dijera más, pero era asunto de Matteo y si no quería compartirlo con él, Angus lo entendía.

—¿Por qué esto es tan importante para ella? Si Emilie no tiene dote, debería ser un asunto resuelto. Es extraño que ella insista en el matrimonio, ¿no estáis de acuerdo? —Edna estaba desconcertada—. ¿Por qué demonios le importaría a María?

—Puede ser una mujer rencorosa. Está enfadada conmigo por algún desaire del que me acusa. Concini le dijo que le hablé mal de ella.

—No es que deba importar, pero ¿lo hiciste? —preguntó Angus.

—Me temo que sí. Parece que se enfadó porque cuestioné la dote, y Concini me dijo que ella hizo comentarios que eran completamente mentira. Ella sabe que toda mi familia está muerta y dijo que suponía que yo los había envenenado para ser el único heredero de la fortuna familiar. Me enfurecí y dije algunas cosas poco halagadoras sobre la Reina Madre y su familia. Le dije a Concini que eso era algo por lo que su familia era conocida, no la mía —Angus pudo ver lo tenso que estaba, lo preocupado que estaba por aquellas palabras dichas durante su momento de ira—. Fue un error expresar mis pensamientos, especialmente a Concini. Debería haber sabido que él le contaría todo y que probablemente añadiría más.

—No sé mucho sobre Concini, aparte de que es el favorito de la Reina Madre —dijo Edna.

—Le gusta cotillear y crear problemas. De haber un rumor recorriendo el palacio, es probable que venga de Concini —explicó Matteo —. Lo conozco desde hace muchos años. Incluso cuando él vivía en Roma, no dejaba de enfrentar a un amigo contra otro con sus rumores y mentiras —se enfureció al pensar en ello.

A Angus no le gustaba cómo sonaba eso. Parecía que no importaba lo que pasara con la dote, habría una boda.

—Así que María planea castigarte. Puede que yo sea capaz de arreglar esto, pero tal vez no sea fácil.

—Estaría muy agradecido, Madame Campbell —dijo Matteo.

—No hay garantías de que funcione, pero lo intentaré por tu bien y el de Emilie.

—¿Qué va a hacer? —preguntó Matteo.

—Ese será mi pequeño secreto —se llevó un dedo a los labios—. No menciones mi participación a nadie.

—Como desee —dijo Matteo.

—Si conozco a Edna, todo saldrá bien —le aseguró Angus a Matteo.

Matteo juntó las manos frente a su pecho.

—Esperemos.

* * *

María de Médici y sus damas llegaron a la sala del trono, donde se tomó un momento para saludar a algunos visitantes que habían estado esperando pacientemente junto con todos los demás. Una vez que se acomodó en su trono, hizo un gesto a Matteo para que se acercara a ella.

Edna y Angus se quedaron donde estaban, sabiendo que podrían seguir escuchando la conversación.

Si la mirada engreída de María era un presagio de lo que estaba por venir, entonces las cosas podrían estar a punto de empeorar para Emilie y Robert.

—Bueno, Barbieri, hemos buscado y rebuscado y no parece haber dote.

Matteo endureció su columna vertebral y, con los dientes apenas apretados, dijo:

—Entonces no nos casaremos.

—¡Os casaréis! —ordenó María—. Te he dicho que tenemos información que te pondría en evidencia entre tus pares. Se enviará a Roma, donde se difundirá a lo largo y ancho. La iglesia podría incluso decidir excomulgarte —María parecía muy satisfecha de sí misma. El ceño fruncido en su rostro mientras esperaba una respuesta de Matteo asustaría a cualquiera que lo viera.

Matteo permaneció inteligentemente en silencio. Aunque Edna no podía verle la cara, su postura era rígida y tenía los puños cerrados a los lados. Edna imaginó que, si él hubiera podido sujetar a María en ese momento, podría olvidar quién era ella y estrangularla.

—El matrimonio se celebrará mañana —continuó María—. Ni se te ocurra marcharte. Mis guardias te vigilarán. Si intentas algo, te encerrarán hasta que llegue la hora de la boda.

Matteo se dio la vuelta y salió furioso de la habitación seguido por los guardias, tal y como había prometido María.

—¿Y ahora qué? —preguntó Angus.

—Tengo algunas ideas, pero necesitaré tiempo para elaborar un plan —Edna solo tenía una idea en mente que podría funcionar. Tenía que conseguir que Concini se retractara de lo que le había dicho a María sobre Matteo. Incluso así, no podía estar segura de que María cambiara de opinión, especialmente si sentía que eso la hacía parecer tonta o equivocada. Iba a ser un reto, pero Edna estaba decidida a lograrlo.

* * *

EMILIE ESPERABA a Robert en los árboles donde siempre se encontraban. Pudo verlo mientras se dirigía hacia ella. Sus cabellos oscuros se movían con él cuando la brisa lo golpeaba mientras caminaba. Ella no podía esperar a estar en sus brazos una vez más. Antes de que pudiera alcanzarla, fue detenido por Concino Concini. A Emilie no le agradaba ese hombre. Por supuesto, le agradecía que hubiera aceptado pagar las deudas de su padre, pero no se fiaba de él. Siempre estaba en el centro de algún problema que ocurría en el palacio, especialmente cuando se trataba de María. Tenía la atención de la reina y la capacidad de convencerla de cualquier escándalo que él hubiera creado para su propia diversión. Robert habló con él durante un rato y luego continuó caminando en su dirección, empezando a trotar cuando se acercó a ella.

—¿Qué ha sido todo eso? —preguntó Emilie cuando Robert la cogió en sus brazos.

—Concini se preguntaba cuándo volvería Luis de la caza. No estoy seguro de por qué le preocupa, pero le dije que podrían pasar uno o dos días más, sobre todo si han tenido éxito.

—Estoy segura de que la Reina Madre lo estaba buscando —dijo Emilie.

—Probablemente tengas razón —Robert acercó su nariz al cuello de Emilie—. Hueles delicioso.

Su aliento le hizo cosquillas mientras le besaba el cuello hasta el lóbulo de la oreja. Ella no pudo evitar la pequeña risita que se le escapó.

—Robert, tal vez deberíamos pasear por algún lugar fuera del palacio. Me preocupa que alguien pueda vernos.

—Nunca nos han visto antes, ¿por qué hoy iba a ser diferente? —preguntó él, antes de besar suavemente sus labios.

Emilie se apartó de mala gana.

—Tienes razón. Soy muy feliz, Robert. Pronto estaremos casados y tendremos toda nuestra vida por delante. ¿No será maravilloso?

Robert le acarició la cara antes de colocarle un rizo suelto detrás de la oreja.

—Será lo que he deseado durante demasiado tiempo. Encontraremos un lugar para vivir aquí en París. ¿Eso te gustaría?

—Me encantaría. Si estamos juntos, no me importa dónde vivamos.

—¿Nos sentamos aquí bajo los árboles y disfrutamos de nuestra compañía?

Emilie sabía exactamente a qué se refería Robert. Ella levantó la cabeza para mirar sus hermosos ojos color avellana. La mezcla de verde y marrón la hipnotizaba cada vez que la veía.

—Bésame, por favor.

Fue una orden que Robert obedeció sin dudar. Capturó sus labios con los suyos y la besó hasta dejarla sin aliento. Al soltarla, Emilie vio cómo él colocaba una tela escocesa extra que llevaba consigo, en el suelo bajo los árboles, antes de volver hacia ella. La levantó fácilmente en sus brazos, colocándola encima de la tela escocesa. Ella le tendió los brazos mientras él se le unía. Sus labios se encontraron una y otra vez mientras Emilie se permitía cerrar los ojos y disfrutar de la sensación de sus labios en su cuello y hasta su escote. Una mano le acarició el pecho y la otra le levantó la falda antes de moverse con suavidad hacia la zona entre sus piernas. Su respiración se aceleró cuando sus dedos la acariciaron con suavidad, provocando sensaciones de las que ella quería más. Estaba disfrutando del placer que él le proporcionaba, con sus caderas moviéndose contra su mano, provocando que un fuerte gemido escapara de sus labios. Robert cubrió rápidamente su boca con la suya, besándola. El cuerpo de Emilie cosquilleaba de la cabeza a los pies.

—Robert, no debemos ir más lejos. Alguien nos escuchará.

Robert comprendió y retiró inmediatamente las manos.

—Deberíamos irnos ahora antes de que no pueda evitar reclamarte más de lo que debería. Pronto nos casaremos y entonces terminaré lo que se ha empezado hoy.

Emilie recuperó el aliento, se enderezó el vestido y luego lo cogió del brazo. Él la ayudó a levantarse, guardó su tela escocesa y, con un rápido beso más en los labios, salieron de los terrenos del palacio por una puerta trasera del jardín y se dirigieron al Sena.

* * *

—Cuando tengamos hijos, ¿querremos quedarnos en París o deberíamos ir a otro sitio? —le preguntó a Robert mientras paseaban por el sendero del río. El rostro de Emilie estaba oculto por la capucha de su capa, la cual sujetaba con las manos. Alejaría a los ojos indiscretos.

—Nos moveremos conforme a tus deseos.

—Nunca lo había pensado mucho hasta ahora. Siempre había creído que pasaría mi vida aquí en París o en la casa de mi familia —su vida había estado muy protegida. En su casa nunca le permitieron ir muy lejos. Cuando finalmente se le permitió unirse a María como una de sus damas en el palacio, Emilie sintió que era un punto de inflexión en su vida. Ya no estaba en casa bajo el techo de su padre y tenía una sensación de libertad; no obstante, tenía que responder ante alguien. María dejó claro lo que esperaba de sus damas y Emilie, siempre dispuesta a complacer, hacía exactamente lo que deseaba su Reina Madre. No fue hasta que conoció a Robert que empezó a escabullirse de sus obligaciones en palacio.

—Tal vez no podamos quedarnos en París. Podríamos ir a Escocia, aunque dependeríamos de la buena voluntad de mis hermanos, y no estoy seguro de que estén muy contentos de verme.

Robert le había hablado detalladamente sobre su familia, por lo que Emilie comprendía que tal vez no sería la mejor situación para ellos.

—Entonces en otro lugar —dijo ella—. Edna nos ayudará.

—Son gente amable, pero no sé cómo pueden ayudarnos a encontrar un lugar donde vivir.

Emilie lo miró con asombro.

—¡Son del futuro! Edna dijo que podía llevarnos allí. ¿Qué te parece? —a Emilie le parecía una posibilidad emocionante.

—Es una idea que me intriga y me preocupa al mismo tiempo. Sería algo que no nos resultaría familiar. Puede ser la respuesta o puede ser un terrible error.

—No lo había pensado así —dijo Emilie—. De todos modos, creo que si Edna y Angus, dos personas muy buenas que quieren ayudarnos, vienen de este lugar, ¿cómo puede ser malo?

Robert miró hacia atrás por encima de su hombro, llegando incluso a darse la vuelta por completo.

—Presiento que alguien nos está siguiendo, pero no veo a nadie.

Emilie miró hacia atrás, cuidando mantener su rostro oculto.

—No hay nadie allí.

—Es solo una sensación que tengo. Como guardia de Luis, siempre estoy alerta ante el peligro.

—Tal vez deberíamos volver al palacio —sugirió Emilie.

—Siento que no hemos resuelto nada.

—Si no hay dote, entonces tendremos tiempo —miró a Robert desde su capa con capucha—. No quiero preocuparme por esas cosas. Elijo creer que todo saldrá bien para nosotros.

—¿Cómo puedes estar tan segura?

Emilie se rio.

—No puedo, pero tengo fe en que tú y yo estamos destinados a estar juntos. Por eso la luna me escuchó y envió a Edna a ayudarnos.

—Muy bien. Elegiré creer como tú —sus ojos bailaron con diversión mientras bromeaba—: Todo nos irá bien porque la luna así lo desea.

—¿Te burlas de mí? —preguntó Emilie, fingiendo sentirse insultada. Sabía que se estaba burlando de ella y le siguió el juego.

—No me burlo. Te amo, Emilie. Quiero que seas mi esposa más de lo que nunca he querido nada, y si la luna puede hacerlo, entonces soy un creyente —se llevó la mano de Emilie a los labios y la besó. Emilie creía que nunca le había visto a Robert un momento más feliz que éste.

Volvieron al palacio concentrados solo el uno en el otro, y nada más.

CAPÍTULO 13

—$\mathcal{M}$e pregunto si alguien le habrá dicho a Emilie que la boda seguirá adelante —preguntó Edna.

—No hemos podido encontrarla a ella ni a Robert. Quizá se hayan enterado y hayan decidido huir.

—Si ese es el caso, lo sabremos pronto. Mientras tanto, debo hacer algo. ¿Crees que podrías convencer a Concini para que venga aquí? —el hombre estaba al otro lado de la habitación esperando a que María reapareciera.

—Veré qué puedo hacer. ¿Tienes un plan? —preguntó Angus, mirándola con cierta preocupación.

—Lo tengo. Voy a hechizarlo para que me cuente lo que ha hecho.

—¿Por qué no vienes conmigo? Sería más fácil. Conseguir que deje su sitio cuando está esperando a María podría no funcionar.

—Probablemente tengas razón —Edna miró alrededor de la habitación. Nadie les prestaba atención, así que lo cogió del brazo y caminó con él hasta Concini.

—Buenos días, señor —dijo Angus cuando se acercaron a él.

Concini inclinó levemente la cabeza, reconociéndolos, pero luego desvió la mirada.

—Señor, ¿puedo pedirle algo? —Edna tenía que llamar su atención para que el hechizo funcionara.

Concini la miró con tal desdén que desconcertó a Edna por un breve instante.

—Bueno, ¿qué es lo que quieres? —preguntó Concini, mostrando su impaciencia.

—Me preguntaba de qué color eran sus ojos —Edna lo miró fijamente a los ojos.

Por un momento, Concini la miró como si hubiera perdido la cabeza. Luego quedó hipnotizado e incapaz de apartar la mirada.

Edna ejerció su magia sobre él.

—¿Tú eres el que está detrás del compromiso?

—Sí —su voz carecía de emoción. El hechizo estaba funcionando.

—¿Qué estás tramando exactamente? —preguntó Edna, sabiendo que tenía que ser más de lo que ella sabía en ese momento.

—Yo quería la tierra.

—¿La tierra del señor Toussaint? —Edna intentó mantener su rostro impasible para que cualquiera que observara no sintiera demasiada curiosidad por su conversación.

—Sí.

—¿Lo has conseguido?

—Sí. Cuando él vino a palacio a hablar con la Reina Madre, yo estaba presente. Él explicó su posición y su deseo de que su hija fuera cuidada.

—¿Quieres decir que él le dijo a María que no tenía ni un centavo?

—Sí. María le dijo que no podía ayudarlo, pero la convencí de que podía hacerlo con un poco de ayuda de ella. Me ofrecí a hacerme cargo de sus deudas y a encontrar un marido para su hija. Monsieur Toussaint aceptó, por supuesto. Elegí a Barbieri porque yo lo odiaba y sabía que le interesaba más el dinero que una esposa. Él haría cualquier cosa para mantenerse bien visto por la familia Médici en Italia. Después de la muerte de Toussaint y de las preguntas sobre la dote, que yo ciertamente no iba a pagar, María se irritó conmigo. Yo no podía permitir que su enfado se interpusiera entre nosotros, así que le dije que Barbieri había engañado a su familia en sus negocios con ellos y que había dicho cosas poco amables sobre ella. Fue muy fácil convencerla. Ella quería vengarse y por eso obligará al hombre a seguir adelante con el matrimonio.

Edna no podía creer lo que estaba escuchando.

—Entonces, Marie siempre supo de esto.

—Sí. Ella lo hizo por mí. No le costó nada.

—Desharás lo que has hecho. Le dirás a María que Emilie es libre de casarse con quien quiera. Le dirás que le has mentido sobre Matteo —luego, en silencio, le introdujo esos pensamientos en la cabeza que, con suerte, funcionarían para hacer cambiar de opinión a María. A continuación, lo obligó a hablar con María sobre Matteo tan pronto como ella llegara. Cuando Edna lo soltó, él se dio la vuelta. Todo salió como ella lo había planeado. El hombre no recordaba que ella había hablado con él. Angus la cogió del brazo y los alejó hasta un lugar donde pudieran ver y escuchar todo lo que pudiera ocurrir una vez que llegara María.

No tuvieron que esperar mucho. María apareció y Concini estuvo a su lado en cuanto se sentó, susurrándole al oído. No pasó más que un momento antes de que ella lo detuviera.

Se sentó de nuevo en su trono con una mirada de incredulidad en su rostro.

—¿Me estás diciendo que las cosas que me contaste sobre Barbieri no eran ciertas?

—Me han mentido, María —inclinó la cabeza como si fuera un chiquillo siendo reprendido por su madre.

—¿Y las cosas que te dijo sobre mí?

—Puede que yo las haya exagerado un poco.

—¿A qué te refieres?

—No te enfades conmigo —levantó los ojos para luego volverlos a bajar rápidamente al suelo—. Él nunca dijo nada.

—Estoy muy decepcionada de ti, Concino. ¿Por qué me dirías mentiras?

—Estaba celoso. Temía que empezaras a favorecer a Barbieri por encima de mí.

—¿Por encima de ti? ¿Por qué crees que lo favorecería a él por encima de ti? Ni siquiera conozco al hombre.

—Siempre he estado celoso de él. Por favor, perdóname.

—Estás perdonado. Ha sido un error de tu parte. Uno que nunca repetirás. ¿Me entiendes?

—Sí, Su Alteza. Lo entiendo.

—Vete. No soporto mirarte.

—¿Desea que me vaya? —preguntó Concini. Parecía muy asustado.

—No para siempre, tonto. Vete. Estoy enfadada y tardaré en querer volver a verte —María miró hacia un lado. Era evidente que lo estaba castigando al apartar su atención de él.

Hizo una reverencia a la Reina Madre y salió de la habitación con una apariencia bastante abatida.

Edna se volvió hacia Angus.

—Ha funcionado. Ahora queda esperar a ver qué hace ella ahora.

—Esperemos que libere a Matteo del compromiso.

—Solo el tiempo lo dirá. Mi única preocupación ahora es que, como Reina Madre, no quiera admitir que se ha equivocado. Si ese es el caso, estaríamos tal y como empezamos.

—Me pregunto dónde está Matteo. Pensé que estaría aquí esta mañana.

—Tal vez deberíamos ir a buscarlo —dijo Edna—. Podemos contarle lo ha pasado con Concini.

—No le contarás sobre tu hechizo.

—No te preocupes. No mencionaré mi participación en absoluto.

—Veamos si está en el jardín. Le gusta tomar el sol en uno de los bancos.

—Sabes mucho más de él que yo —dijo Edna.

—Nos hemos hecho amigos en el poco tiempo que llevamos conociéndonos.

—Entonces, guíanos —Edna dejó que Angus la guiara hacia el exterior, a la luz del sol.

Caminaban por el sendero central cuando algo llamó la atención de Edna en el extremo del jardín.

—Mira —dijo, señalando dos figuras que entraban en el jardín desde la puerta trasera. El hombre se dirigía a los establos y la mujer al palacio—. Son Robert y Emilie.

—Es verdad —dijo Angus.

—Me pregunto dónde habrán estado esos dos tortolitos —Edna no pudo evitar sonreír—. ¿No es maravilloso el amor?

—Según mi experiencia, sí, lo es —dijo Angus, levantando la mano de Edna a sus labios—. Es lo más maravilloso del mundo entero porque te tengo a ti.

—Angus, eres un hablador muy dulce.

—Es la verdad. Nuestro amor ha sido lo más importante en mi vida. No puedo imaginar cómo habría resultado yo sin ti.

—Seguirías siendo un hombre valiente y apuesto, pero el destino ha sido bueno con nosotros y no tenemos que imaginar nuestras vidas el uno sin el otro.

Edna se inclinó hacia Angus, y él colocó su brazo alrededor de su hombro mientras continuaban caminando.

—Mira, ahí está Matteo —dijo Angus.

Parecía que él venía de la misma zona donde habían estado Robert y Emilie.

—Matteo —dijo Angus antes de que pasara junto a ellos.

—Tengo noticias para la Reina Madre —dijo Matteo—. Disculpadme si no me detengo a hablar con vosotros —se apresuró a pasar junto a ellos.

Edna cogió a Angus del brazo y se apresuraron a seguirlo. Estaba lejos de ser el caballero sereno y ecuánime que habían llegado a conocer. Matteo Barbieri estaba furioso. Entró en la sala del trono como un hombre poseído, con las fosas nasales dilatadas y el rostro enrojecido.

—Debe estar molesto porque la boda sigue en pie —le susurró Edna a Angus.

Pasó por delante de varias personas sin decir nada y se dirigió directamente a Marie.

—Debo hablar con usted, Su Alteza —su voz temblaba de ira.

—¿Y ahora qué? —María parecía poco dispuesta a dejarlo hablar, pero después de un momento pareció pensar que era mejor ignorarlo y aceptó.

Matteo pareció tomarse un momento para recuperarse y luego, aclarándose la garganta, procedió con un tono de voz más racional.

—Acabo de ser testigo de algo atroz.

María se sentó un poco más alta en su trono. Definitivamente, ahora tenía su atención.

—Continúa.

—Comprendo que usted quería que me casara con Emilie Toussaint, y yo estaba dispuesto a obedecer, pero acabo de verla en brazos de otro hombre. Me han puesto los cuernos. No puedo ni quiero casarme con ella —su determinación era evidente, y no se echaría atrás.

—¿Quién es el hombre con el que estaba? —preguntó María, alzando la voz por la indignación, lo suficientemente alto como para que todos los presentes en la sala del trono la oyeran.

Concini apareció de la nada al lado de Matteo. Ignoró la mirada que María le dirigió.

—Yo también lo he visto, Su Alteza. El hombre es el guardia de su hijo.

—Robert MacMillan —no era una pregunta, sino una afirmación de lo que ella sabía que era un hecho.

—Sí, Su Alteza —dijo Concini.

—¡Quiero que él se vaya! Yo sabía que tenía que haberlo echado. Por suerte, Luis no está aquí. No podrá detenerme. Encuentra a MacMillan y haz que lo escolten fuera del palacio. Lo quiero en un barco de regreso a Escocia inmediatamente.

Concini se apresuró a cumplir sus órdenes, evidentemente ansioso por complacerla y volver a caerle bien.

—De haberlo sabido, yo no habría insistido en que te casaras con ella —lo miró por debajo de la nariz, incapaz de disculparse o sin ganas de hacerlo—. Parece que has conseguido tu deseo. No habrá matrimonio. Puedes irte.

—Entonces, volveré a Roma —Matteo se alisó su levita y se dirigió a la puerta.

—Voy a hablar con él —dijo Angus.

Edna le cogió del brazo.

—No, todavía no.

María comenzó a hablar nuevamente en tono autoritario.

—Buscad a Emilie Toussaint y traedla aquí.

Las damas de compañía de María se apresuraron a salir de la habitación.

—Esto está lejos de ser lo que queríamos, pero le ha dado a María la excusa perfecta para cambiar de opinión sobre el matrimonio —dijo Edna—. Angus, prefiero que sigas a Robert y te asegures de que no suba a ese barco. Me quedaré aquí y veré qué le espera a Emilie.

—Tienes razón. Lamentaré no despedirme de Matteo, pero es más importante que siga a Robert.

* * *

ANGUS SE PRECIPITÓ hacia los establos donde había visto a Robert dirigirse antes. Uno de los lacayos lo vio llegar y corrió a buscar su caballo.

—Angus —Robert estaba subiendo a su caballo—. ¿Te unes a mí?

—Robert, hay algo que deberías saber.

—Pareces serio. ¿Hay problemas?

—Sí. La Reina Madre ha ordenado que seas llevado a un barco con destino a Escocia.

Antes de que Robert pudiera decir algo más, la guardia de la Reina Madre llegó junto con Concini.

—Estás bajo arresto, Robert MacMillan —el aspecto engreído de Concini desmentía el hecho de que acababa de ser reprendido por la Reina Madre.

Robert miró a Angus y luego a los guardias.

—No voy a pelear con vosotros.

Angus se dio cuenta de que no había ningún lugar al que pudieran ir. Escapar del jardín sería difícil, por no decir imposible, por lo que Robert había tomado la decisión correcta de ir con ellos. Angus le hizo saber a Robert en silencio, con una mirada y un movimiento de cabeza, que estaba con él.

—Atadle las manos —ordenó Concini.

Robert desmontó mientras los guardias le ataban las manos. Luego lo ayudaron a subir de nuevo en su caballo. Parecían tristes mientras lo hacían. Estos hombres eran amigos de Robert y sus compañeros en la guardia.

—Partiremos hacia Le Havre. Preparad vuestros caballos —Concini indicó a uno de los lacayos que trajera un caballo ensillado para que lo montara. Montó y miró a Robert—. La Reina Madre llevaba un tiempo queriendo que te fueras, pero Luis siempre se interponía. Ahora tiene una buena razón para enviarte de regreso al lugar de donde viniste.

—¿Qué buena razón? —preguntó Robert.

—Has estado con la mujer que iba a ser la esposa del Conde Matteo Barbieri. Ahora estás desterrado de la corte. Por suerte, Luis está fuera y no interferirá.

Angus permaneció en silencio. Tenía la intención de hacer el viaje con ellos y, si se presentaba la oportunidad, liberaría a Robert. Estaba seguro de que Concini cometería un error en algún punto del camino.

Edna sabía a dónde se dirigían y, si podía, se reuniría con ellos. Con suerte, tendría a Emilie con ella. Entonces habría que tomar decisiones, pero, por ahora, él los seguiría de cerca. Estaría listo en caso de que Robert lo necesitara.

* * *

EMILIE ESTABA SENTADA en su lugar favorito, disfrutando del aire fresco durante unos momentos más antes de volver a entrar. Sintiéndose más feliz de lo que había sido en algún tiempo, pensó en Robert y en el tiempo que habían pasado juntos esta tarde. Era la primera vez que se habían sentido capaces de empezar a hacer planes para su vida juntos. Sabía que no era lo que su padre había querido para ella, pero también pensaba que, si supiera lo feliz que la hacía Robert, lo aprobaría.

El sonido de faldas moviéndose apresuradamente hacia ella llamó su atención. Al levantar la mirada, vio a las otras damas de la corte dirigiéndose hacia ella. Se quedó parada, preguntándose qué pasaba.

—Emilie —dijo Antoinette, una de las damas—. Te hemos encontrado.

—¿Qué pasa?

—La Reina Madre está enfadada. Desea verte de inmediato.

—¿Por qué? ¿Qué pasa?

—Prefiero no decirlo. No me corresponde.

—Ahora mismo voy.

—Debes venir con nosotros, ahora.

Un nudo se formó en la boca del estómago de Emilie. Algo en esto no se sentía nada bien. No podía imaginar qué podía ser, aparte de algo relacionado con su compromiso. Quizás no habían encontrado la dote y María estaba enfadada por ello. Si ese era el caso, Emilie estaría encantada de lidiar con el enfado de María. Significaría que era libre para casarse con Robert y empezar una nueva vida con él. Sin embargo, por la mirada de Antoinette, pensó que podría ser algo más, pero ¿qué? No había forma de saberlo hasta que estuviera ante la Reina Madre.

Las damas la acompañaron al palacio, pero dejaron que Emilie entrara sola en el salón del trono. Al acercarse a María, hizo una reverencia ante la Reina Madre y permaneció de esa manera hasta que le hablaron.

—Mírame —le ordenó.

—Su Alteza —dijo Emilie, mientras levantaba los ojos.

María la miró fijamente durante lo que pareció una eternidad antes de hablar.

—Emilie Toussaint, soy muy infeliz. ¿Sabes por qué?

—¿Es porque no tengo dote? —preguntó, aparentemente desconcertada.

—No hay dote, pero no es esa la razón. Es porque has actuado a mis espaldas. Me prometiste que no te resistirías más a tu compromiso y, sin embargo, seguiste teniendo una aventura con Robert MacMillan —miró a Emilie con disgusto—. Te he tratado como a una hija y ¿así me lo pagas?

Emilie apenas podía hablar. La estaban acusando de algo que no había hecho. Sí, había besado a Robert muchas veces, pero eso era lo máximo que podía hacer. Abrió la boca, pero antes de que pudiera pronunciar una palabra en su defensa, María levantó la mano y luego se paró y caminó hasta colocarse frente a Emilie. Era una mujer intimidante en un día normal, pero hoy, ser el objeto de su desprecio era aterrador.

—No hablarás. Ya he oído suficiente. Mucha gente te ha visto con él. No hay nada más que pueda hacer por ti aquí en mi palacio. Serás desterrada a la Abadía Port-Royal Des Champs.

—¿El convento? —Emilie estaba siendo avergonzada por la Reina Madre y siendo enviada a un lugar donde sentiría aún más vergüenza. Al menos no tendría que quedarse allí para siempre. Robert la encontraría y todo volvería a estar bien. Solo sería por un corto tiempo y luego estaría casada y feliz.

—Mandaré escribir una carta a la abadesa diciéndole por qué te envían a ella. Ella decidirá qué penitencia es necesaria.

—¿Qué hay de Robert? —Emilie pensó que aún existía la posibilidad de que María le permitiera irse con Robert y que todo se arreglara.

—Ha sido enviado de regreso a Escocia, y nunca volverá a Francia. Nunca lo volverás a ver.

Emilie cayó de rodillas. Su corazón estaba roto. Nunca lo volvería a ver. Había sido tan feliz hacía poco tiempo y ahora su vida estaba en ruinas. Si hubiera huido con Robert en lugar de esperar a oír sobre la dote ya estarían muy lejos; en cambio, sus sueños se habían hecho añicos. Dos de los guardias de María la levantaron del suelo por los brazos y se la llevaron.

CAPÍTULO 14

dna había sido sacada de la sala del trono junto con todos los que habían estado esperando para ver a María. El pasillo estaba repleto con aquellos que habían sido echados. Se reunieron alrededor de las puertas, esperando que se abrieran de nuevo. En un espacio tan reducido, el calor no tardó en llegar. Las damas sacaron abanicos para aliviar el agobiante calor corporal que emanaba de la multitud. Alguien pisó la parte trasera del vestido de Edna, tirando de ella hacia atrás mientras intentaba acercarse a la puerta. Un estruendo de susurros impedía oír lo que ocurría dentro a través de las gruesas puertas de madera. Tendría que esperar junto con todos los demás.

Cuando por fin se abrieron de nuevo las puertas, Edna fue empujada por detrás al entrar en la sala. Un torbellino de faldas pasó junto a ella cuando la sala del trono se llenó de personas ansiosas por cotillear lo que estaba ocurriendo. Esperando ver a Emilie, Edna se giró por la sala, pero no estaba allí. María y sus guardias seguían presentes, aunque ocupados con los que ahora estaban entrando para hablar con la reina.

—¿Dónde está Emilie? —preguntó a una de las damas de María.

—Se la han llevado.

—¿A dónde? —a Edna no le gustó esto. Tenía que encontrarla—. ¿A dónde se la han llevado?

—Quizás Antoinette lo sepa.

—¿Quién es Antoinette?

—Está allí hablando con la Reina Madre —señaló a una joven que acababa de alejarse del lado de María.

Edna la siguió cuando salió de la habitación y la cogió del brazo.

—¿Qué quieres? —preguntó la mujer, quien parecía asustada y molesta.

—Lo siento —Edna le soltó rápidamente el brazo al darse cuenta de que la había asustado—. ¿Eres Antoinette?

Asintió con la cabeza.

—Necesito encontrar a Emilie. ¿Sabes dónde está?

—La han llevado al convento —dijo ella, secándose los ojos con un pañuelo—. Pobre, dulce Emilie.

—¡Oh, no! ¿Dónde está ese convento? —en circunstancias normales, Edna habría consolado a Antoinette, pero esto se estaba convirtiendo en una situación de emergencia. Tenía que saber exactamente hacia dónde se dirigía Emilie.

—La Abadía de Port-Royal.

Edna palmeó la mano de la mujer.

—Gracias.

Esta no era la forma en que ella había esperado que las cosas salieran. Edna tenía que encontrar a Angus, y esperaba que él hubiera podido llegar hasta Robert antes de que el barco partiera hacia Escocia. Salió corriendo del palacio, haciendo que los que se cruzaban con ella parecieran atónitos ante su comportamiento. Edna entró en el patio justo cuando Luis y su séquito llegaron a caballo.

Agitando los brazos para llamar su atención, Edna se apresuró a acercarse a Luis mientras éste bajaba de su caballo. Uno de los hombres de Luis se interpuso entre Edna y el joven rey, obviamente para protegerlo de lo que consideraba una posible amenaza. Sin aliento y dándose cuenta de su error, Edna se detuvo.

—No pretendo hacer daño. Debo hablar con el rey.

El guardia no se movió.

—Permítele hablar —dijo Luis, empujando al hombre fuera del camino.

—Su Alteza, Robert MacMillan ha sido desterrado de la corte junto con Emilie Toussaint —esperaba que esta noticia molestara lo suficiente a Luis como para que se animara a actuar.

—No puede ser cierto. ¿Dónde ha ido él y por qué? —Luis no parecía creer lo que ella le decía.

—Lo han llevado a un barco que se dirigirá a Escocia. Emilie está de camino a un convento.

—Mi madre se ha superado a sí misma —volvió a subir a su caballo—. Lo encontraré.

Antes de que pudiera impulsar su caballo hacia adelante, Edna lo detuvo.

—¿Puedo acompañarlo, Su Alteza? Creo que mi marido Angus Campbell puede estar con ellos.

—He cabalgado con su marido. Es un excelente jinete.

—Lo es, y se preocupa mucho por Robert. Él quería estar seguro de que estaría a salvo y de que no subiría a ese barco.

El joven hizo un gesto a uno de sus hombres.

—Dale a la dama tu caballo.

El hombre obedeció y luego ayudó a Edna a subir al caballo, lo que ella agradeció. Normalmente no necesitaría ninguna ayuda, pero con el voluminoso vestido que llevaba ahora, subir a la silla de montar habría sido, como mínimo, divertido para los que estaban de pie observándolos.

—Gracias. Eres muy amable —la silla de montar le exigía ir a horcajadas como los hombres, lo que le costó un poco de trabajo mientras se acomodaba el vestido alrededor de las piernas y lo sacaba de debajo de su asiento para que fluyera hacia atrás y sobre la grupa del caballo. Satisfecha, se sentó erguida y asintió en dirección a Luis.

Una vez que él pareció estar seguro de que Edna estaba lista para montar, se pusieron en marcha.

—¿A dónde iremos? —preguntó ella.

—A Le Havre. Ellos estarán de camino hacia allí. Si no están muy lejos, podremos alcanzarlos —Luis lideraba a sus hombres con Edna a su lado. Llevando los caballos al galope, salieron del patio en busca de Robert y Angus—. ¿Será capaz de soportar el ritmo si vamos más rápido?

A Edna le sorprendió su preocupación por ella, pero era una jinete capaz y podía soportar un galope.

—Por supuesto.

—Ah, como su marido. Es buena con el caballo —Luis hizo una señal a sus hombres y partieron a toda velocidad, dejando atrás París y dirigiéndose al mar abierto—. Le Havre está a más de un día de camino —gritó por encima del sonido de los caballos al galope—. Dudo que los guardias que se llevaron a Robert hayan llegado muy lejos.

La única preocupación de Edna en ese momento era saber si Angus había conseguido un caballo para poder seguirles el ritmo. Hablar con la velocidad que llevaban era difícil, pero Edna se las arregló de algún modo para hacerlo.

—Creo que Concino Concini los está guiando —gritó. Edna lo mencionó solo porque podría ser algo que Luis debería saber.

Luis redujo la velocidad de su caballo al trote y los demás lo siguieron.

—Entonces, no necesitamos apresurarnos. Concini no es un jinete dotado. Su mejor momento es cuando tiene la atención de mi madre y llena sus oídos de mentiras.

—No te agrada —observó Edna.

Luis se rio de esto.

—Lo desprecio. Él es un inútil. No entiendo la fascinación de mi madre por él.

—Tal vez sea divertido —sugirió Edna.

—Tal vez. Los intereses de mi madre se limitan a la intriga política, y le diré que ella no destaca en esto —se rio, obviamente encontrando divertidos sus propios pensamientos sobre su madre.

—¿Ella no cabalga contigo? —preguntó Edna, con la esperanza de entender mejor su relación con su madre.

—No. Prefiere su carruaje. Tenemos poco en común, aparte del trono. Ella es la regente por el momento, pero yo estoy a punto de alcanzar la mayoría de edad y ocuparé el lugar que me corresponde en el trono.

Históricamente, no siempre era bueno ser rey o reina. A menudo eran encarcelados o asesinados por quienes deseaban ocupar su lugar o no estaban de acuerdo con su política o religión. Edna sabía que este no sería el destino de Luis. Él moriría por causas naturales. No sería un anciano, pero al menos no moriría a manos de otro. Lo miró. Era extraño conocer el destino de otra persona. Al verlo ahora como un niño de trece años, comprendía que tendría que crecer rápidamente. Ya mostraba signos de ser un joven maduro que podía tomar acciones decisivas que no solo lo afectarían a él, sino a su reino. Gracias a la historia, ella sabía que, desgraciadamente, su relación con su madre siempre sería tensa. Edna no estaba aquí para arreglar la historia, así que se ocuparía de sus propios asuntos y se centraría en Robert y Emilie. Ellos eran su única razón para estar aquí.

Después de lo que debieron ser horas en la silla de montar, divisaron a unos jinetes delante de ellos.

—Ahí están —dijo Luis. Mientras se acercaban, gritó—: ¡Vosotros ahí! ¡Alto!

Los hombres miraron hacia atrás y, al reconocer a Luis, hicieron lo que les había ordenado.

—Su Alteza —Concini, quien lideraba el grupo, se quitó el sombrero e inclinó la cabeza. Los demás siguieron su ejemplo.

—Robert, he venido a rescatarte —dijo Luis con una sonrisa torcida en los labios.

Robert le devolvió la sonrisa con una propia.

—Sabía que podía contar contigo.

Para alivio de Edna, Angus estaba con ellos y justo al lado de Robert. ¿Cómo había convencido a Concini para que le dejara unirse a ellos? Era algo que ella le preguntaría más tarde.

—Su Alteza, su madre ha pedido que llevemos a este hombre a Le Havre para que pueda volver a su tierra —dijo Concini.

—Eso no es lo que él desea, y ciertamente no es lo que yo deseo —Luis miró a Concini con evidente desdén.

—Tu madre no estará feliz —dijo Concini, pareciendo creer que Luis sería puesto en su lugar por este pronunciamiento.

—No es la felicidad de mi madre lo que me preocupa. Robert es mi guardia y lo quiero en el palacio. Harás lo que te he ordenado. ¿Entiendes?

—Como desee —Concini inclinó la cabeza hacia Luis.

—Desata sus manos —ordenó Luis.

Concini hizo un gesto al hombre más cercano a Robert, quien obedeció.

Ahora que estaba libre, Robert estiró los brazos sobre su cabeza antes de volver a bajarlos y frotarse las muñecas.

Edna ciertamente podía entenderlo. Cabalgar durante horas sin las manos atadas le estaba provocando dolores que no había experimentado desde, bueno, desde la última vez que había cabalgado tanto.

—Volveremos al palacio —indicó Luis a los hombres con el brazo para que giraran sus caballos hacia casa.

Todos los hombres se pusieron en marcha en esa dirección.

—¡Alto! —gritó Edna—. Emilie ha sido llevada a un convento.

Robert detuvo su caballo, intercambió una mirada preocupada con Edna y luego se volvió hacia Luis.

—Debo llegar hasta ella, Luis —dijo Robert—. Sabes que la amo, y me has dicho más de una vez que quieres que sea feliz.

Luis se tomó un momento antes de hablar.

—Entonces hazlo. Estaréis juntos después de todo. Entiendo que el palacio no es un lugar en el que deseéis estar.

—Gracias por esto —dijo Robert, sonriéndole cálidamente a Luis. Los dos se dieron un apretón de manos. Sin duda, sería la última vez que se verían.

—Has sido un buen amigo para mí. No quiero dejarte ir, pero como dices, quiero que seas feliz. Además, mi madre se enfadará bastante al saber lo que he hecho —Luis se rio mientras indicaba a los hombres que partieran al trote hacia París.

—¿Sabemos cómo llegar a este convento? —preguntó Angus.

—Espero que Robert lo sepa.

—Si es Port-Royal, está en el Valle de Chevreuse. Está a medio día de viaje desde aquí.

—Ella está exactamente allí. Entonces, deberíamos ponernos en marcha —dijo Edna.

Mientras los tres cabalgaban hacia Chevreuse, Edna se sintió aliviada de tener ahora a Robert con ella. Una vez que tuvieran a Emilie, deberían decidir el siguiente paso. Tenía algunas ideas sobre el tema, pero esperaría a escuchar lo que Robert y Emilie querían para sí mismos.

* * *

—ACAMPAREMOS AQUÍ para pasar la noche —dijo Robert, bajando de un salto de su caballo.

Angus lo siguió antes de levantar a Edna de la silla de montar.

—¿Estáis seguros de que no deseáis continuar? —preguntó Edna.

—Estoy muy seguro, pues ya está demasiado oscuro para cabalgar de forma segura. Ha sido un largo día y todos necesitamos descansar.

Edna sabía que estaba haciendo esto por ella y se sentía agradecida.

—Entonces, partiremos mañana temprano.

—Sí. Emilie estará a salvo en el convento hasta que lleguemos.

—No podría estar más de acuerdo —dijo Angus.

Edna hizo algunos estiramientos para ayudar a aliviar la rigidez que sentía en su espalda y cuello. Cuando se detuvo, Angus llegó para frotar sus hombros.

—Gracias, amor.

—Lo sentirás más mañana. Deberíamos dormir bien, si es posible.

Encontraron un lugar en el campo por el que habían estado cabalgando donde podían aplastar la hierba, creando un pequeño nido para ellos. Robert sacó las telas escocesas de su bolsa de montar y las colocó en el suelo.

—Sin duda estás preparado —observó Edna.

—Siempre —respondió Robert.

Utilizarían sus sillas de montar como almohadas. Y mientras Edna y Angus arreglaban todo para que los tres estuvieran lo más cómodos posible, Robert encendió un pequeño fuego para mantenerlos calientes.

Angus sacó algo envuelto en papel de su bolsa de montar.

—¿Qué tienes ahí? —preguntó Edna.

—Me detuve en la panadería al salir de la ciudad. Yo sabía que podía alcanzarlos y supuse que la comida sería algo que necesitaríamos, así que cogí algo de pan y castañas con azúcar —le entregó la bolsa a Edna.

—Angus, eres una bendición.

—Y no te olvides que también soy todo un genio —bromeó él.

—¿Cómo podría hacerlo? —inclinó la cabeza y esperó que su sonrisa le demostrara lo mucho que lo amaba.

Se sentaron alrededor del fuego y compartieron el pan y las castañas. Angus también tenía bolsas de vino que había llevado a través de su cuerpo mientras cabalgaban.

—Esto es encantador —dijo Edna, dando un sorbo al vino—. Lo único que podría hacerlo más perfecto sería que Emilie estuviera aquí con nosotros.

—Ella disfrutaría de esto —dijo Robert.

—¿Sientes que por fin puedes conseguir lo que siempre has querido? —preguntó Edna.

—No quiero tentar al destino, pero sí. Tener a Emilie como esposa es todo lo que he pensado desde que la vi por primera vez. Eso hará que mi vida esté completa —su voz era tranquila, casi melancólica, y a la luz del fuego, Edna pudo ver a Robert sonreír suavemente.

—Yo tampoco creo en tentar al destino, pero tengo el presentimiento de que todos tus sueños se harán realidad —Edna se acurrucó contra Angus, disfrutando del crepitar del fuego y del característico sonido de los grillos en las cercanías.

—Si no os importa, creo que voy a dormir ahora —Robert se reclinó, apoyando la cabeza en su silla de montar.

—Por supuesto —dijo Angus—. Haré la primera guardia.

—Te acompañaré, si no te importa —dijo Edna.

—Nada me haría más feliz —Angus besó la parte superior de su cabeza mientras ella se inclinaba hacia él.

—Parece que lo hemos logrado, Angus —susurró.

—Todavía no estamos allí, amor.

—Lo sé, pero hemos sacado a Emilie de su compromiso nupcial y a los dos del palacio.

—Es cierto, pero en realidad, parece que hicieron ambas cosas sin nuestra ayuda.

—Tienes razón. No puedo atribuirme el mérito, pero les estamos ayudando a alejarse y a hacer planes para su vida juntos.

—Veremos cómo resultan las cosas mañana en el convento —Angus, al parecer, no quería tentar al destino más que Edna o Robert.

—Liberarla del convento debería ser fácil —Edna no podía imaginar que quisieran mantener a Emilie allí una vez que comprendieran que el amor estaba en juego. Las monjas ciertamente no se interpondrían en el camino.

La noche se volvió aún más silenciosa. Angus atizó el fuego, añadiendo más leña para mantenerlo encendido. En unas horas estarían de camino a la Abadía de Port-Royal, y Edna y Angus estarían más cerca de volver a casa.

CAPÍTULO 15

Emilie fue llevada a la Abadía Port-Royal Des Champs por los guardias de María de Médicis. El viaje había sido incómodo para Emilie, ya que el carruaje en el que iba rebotaba por la calzada, apresurándose a llegar al convento. Una vez allí, los hombres fueron relevados de sus funciones por la abadesa Arnould, quien se hizo cargo de Emilie.

Sentada en su despacho, la abadesa leyó la nota que había recibido de María de Médici. Sacudió la cabeza mientras leía y miró a Emilie con una mezcla de lástima y desaprobación.

—Parece que te has arruinado a los ojos de la Reina Madre y desea que te quedes aquí y te arrepientas de tus pecados —la miró por encima de la nota.

—No he pecado —dijo Emilie—. La Reina Madre se equivoca.

—La Reina Madre nunca se equivoca. Debes saberlo. Es una falta de respeto pensar lo contrario.

Normalmente, Emilie habría inclinado la cabeza y obedecido, pero esta no era una de esas veces.

—Usted debe dejarme ir. Tengo que encontrar al hombre con el que me voy a casar.

—El hombre con el que te ibas a casar no te quiso. Por eso estás aquí. Lo dice la nota —la abadesa colocó la nota sobre su escritorio y miró a Emilie.

—Hay otro hombre. Un hombre al que amo con todo mi corazón. Deseamos estar juntos —Emilie sabía que debía sonar frenética, porque lo estaba. Tenía que llegar a Robert antes de que lo alejaran de ella para siempre.

—Quizás deberías haber pensado en eso antes de entregarte a él —la cara de la abadesa mostraba mucha desaprobación. Arrugó la nariz como si acabara de oler algo asqueroso.

—Pero no lo he hecho. ¿Nadie me escuchará? —Emilie estaba angustiada y veía que no estaba consiguiendo nada con la abadesa. No tenía sentido discutir—. ¿Cuánto tiempo debo permanecer aquí?

—Eso lo determinará tu comportamiento. Has cometido errores y por eso estás aquí. Tu padre está muerto, no tienes dinero, ni familia, y ahora eres una mujer perdida. Hay muchas posibilidades de que quieras quedarte con nosotros incluso cuando se te permita salir.

Emilie no podía imaginar esa posibilidad. Ya estaba planeando su huida. Era un largo camino de regreso a París y un camino aún más largo hasta Escocia, pero encontraría a Robert aunque fuera lo último que hiciera.

—Te mostraré tu habitación —la abadesa apoyó las manos en el escritorio y se levantó. Emilie la siguió al exterior y luego subió unas escaleras que conducían a la sala principal. Desde allí, otra serie de escaleras las llevó a la habitación en la que residiría. Era diminuta, con el espacio justo para una pequeña cama, una mesilla y una ventana. Sobre la mesa había una sola vela—. Úsala con prudencia —dijo la abadesa, refiriéndose a la vela—. Está destinada a durar tres días antes de ser reemplazada.

Emilie podía ver que pasaría mucho tiempo en la oscuridad.

—Todas las mañanas, al salir el sol, sonarán las campanas que te llamarán a maitines. Se espera que estés allí.

—¿Y si no estoy?

—Serás castigada. No hay razón para que faltes. Las tareas se hacen inmediatamente después y luego tenemos un simple desayuno. El resto de la mañana lo pasaremos en contemplación.

Emilie no respondió. No le importaba lo que dijera la abadesa porque, en cuanto pudiera, huiría. Si había una salida, la encontraría. Estaba decidida a no dejar que esas circunstancias le impidieran tener la vida que quería. La vida que esperaba tener con Robert.

—¿Puedo explorar los terrenos? —preguntó Emilie.

—Por supuesto. Verás que las puertas están cerradas para mantener fuera a los invitados no deseados y para mantener dentro a aquellos que deciden irse.

—¿La gente intenta entrar o salir a menudo? —preguntó, intentando sonar más preocupada que curiosa.

—Ha sucedido. No te preocupes. Estarás bien protegida mientras estés aquí.

—Gracias —no había ningún beneficio en mostrarse difícil con la abadesa. Emilie pensó que sería mejor tener a la abadesa de su lado, y por eso juró que no daría ningún motivo de sospecha.

—Ta dejaré. Si tienes alguna pregunta, ya sabe dónde encontrarme —cuando la abadesa comenzó a cerrar la puerta tras de sí, miró a Emilie de pies a cabeza—. Nos ocuparemos de tu ropa una vez que te hayas instalado.

Emilie se sentó en la cama. El colchón era delgado y estaba cubierto con una manta de lana para mantenerla caliente. Era difícil creer que había pasado de la vida privilegiada de una dama de compañía a un convento donde la trataban como a una criminal. Cómo había cambiado la vida en un solo día.

Se levantó para mirar por la pequeña ventana que tenía su habitación. Sus pensamientos de salir por ella se desvanecieron. En primer lugar, la ventana era demasiado estrecha y, en segundo lugar, estaba en un piso superior. Sin embargo, le permitía ver el mundo fuera del convento, el cual estaba situado en el campo y rodeado de árboles y prados verdes. Era impresionantemente bello, pero Emilie no creía que fuera a disfrutar de la vista mucho más tiempo.

Dirigiéndose a la puerta, miró una vez más la habitación antes de salir a explorar los terrenos del convento. La abadesa dijo que todo estaba cerrado, así que Emilie pensó que tendría que ser inteligente para encontrar una forma de salir de esta prisión. Al final de las escaleras, decidió alejarse del despacho donde se había reunido con la abadesa y caminar por el sendero que bordeaba el edificio. Varias mujeres, todas ellas con vestidos de color marrón oliva a juego, caminaban cerca de ella. Algunas la miraban con curiosidad y otras con lástima. Ninguna parecía capaz de devolver la sonrisa que Emilie les dedicaba. Se preguntó si se vería obligada a llevar la misma ropa gris apagada que veía en todas aquellas con las que se cruzaba. La larga túnica sin forma las cubría desde el cuello hasta los pies. Sus cabellos estaban cubiertos por un velo a juego, dejando sus rostros al descubierto.

Mirando su hermoso vestido azul, Emilie temía la idea de perderlo para ser sustituido por lo que había visto. Una vez en conversación con las mujeres del palacio, se habían reído al hablar de la vestimenta de las monjas y de que tenían que llevar el pelo corto. Emilie se tocó el pelo, que era bastante largo, pero siempre lo llevaba recogido, excepto por la noche, cuando se lo trenzaba para dormir. Se estremeció ante la idea de perder su hermosa cabellera.

Cuando Emilie se alejó de la fachada de la abadía, se encontró con una de las puertas que conducían al exterior. Se acercó, examinando la cerradura que estaba bien colocada en su lugar. Necesitaría una llave para abrirla.

—La abadesa es la única que tiene las llaves —una joven delgada y pálida estaba de pie junto a ella, lo que sorprendió a Emilie hasta el punto de dar un salto—. Lo siento. No quería asustarte.

—¿De dónde vienes?

—Te he estado siguiendo. La mayoría de nosotras estamos aquí por voluntad propia, pero las que no lo están suelen buscar salidas. Imagino que tú eres una de ellas —a diferencia de las demás, le sonrió cálidamente a Emilie.

—Solo tenía curiosidad —Emilie se esforzó por parecer convincente. Lo último que quería era alertar a las monjas de su búsqueda de vías de escape.

—¿Por qué estás aquí?

—Me llamo Emilie Toussaint —dijo, ignorando su pregunta y aún incómoda por haber sido vista—. ¿Tú eres?

—La hermana Teresa —llevaba la misma ropa monótona que las demás monjas, pero había una dulce inocencia en ella que tranquilizaba a Emilie.

Emilie decidió que lo mejor era hacerse amiga de la hermana Teresa. Tener una aliada en el convento podía ser algo bueno.

—Encantada de conocerte.

—Estás evitando mi pregunta. ¿Por qué estás aquí? —la Hermana Teresa inclinó la cabeza y, aunque sus preguntas eran directas, parecía que sólo tenía curiosidad.

Decidiendo que la honestidad era la mejor idea, especialmente aquí en el convento, Emilie dijo:

—No estoy muy segura. Se suponía que me iba a casar hoy y luego fui acusada de algo que no hice.

—¿Tenía que ver con un hombre? —preguntó la monja, quien parecía bastante interesada.

—Sí.

Los ojos de la Hermana Teresa se iluminaron mientras juntaba las manos bajo la barbilla.

—¿Era apuesto?

—No veo por qué eso importa. Apuesto o no, no pasó nada entre nosotros, pero no me creyeron —Emilie quería dejar las cosas claras. Lo último que quería era que las monjas de la abadía creyeran que se había entregado a alguien.

—A las mujeres nunca se les cree. Por eso hay muchas de nosotras aquí —la hermana Teresa bajó la mirada y su voz se tiñó de un tono triste.

—¿Estás aquí porque quieres?

La hermana Teresa se tomó su tiempo para responder. Parecía estar pensando en lo que iba a decir.

—Al principio no quería estar aquí, pero ahora me conformo con quedarme.

—La abadesa dijo que podría ser así para mí también —Emilie no lo creía realmente y no tenía intención de averiguarlo.

La hermana Teresa la miró de la cabeza a los pies.

—Eres muy hermosa y tienes un vestido muy lindo. Sería una pena que te quedaras aquí el resto de tu vida.

Emilie pensó que la hermana Teresa era extraña. Parecía bastante agradable, pero este último comentario y la forma en que la miraba le dieron a Emilie una sensación de incomodidad.

—¿No crees que estás atrapada aquí?

—Mi vida fuera de estos muros no era deseable. Aquí tengo una cama para dormir y alimentos. Aquí no me pasará nada.

—¿Te hicieron daño antes de venir aquí? —Emilie se preguntó qué podría haberle ocurrido.

La Hermana Teresa pareció afligida por esta pregunta mientras apartaba la mirada de Emilie.

—Lo siento. No quería molestarte.

—No quiero hablar de ello —dijo la monja entre dientes apretados.

Emilie miró una vez más la puerta cerrada y suspiró. Estaba a punto de alejarse en busca de otra salida cuando la hermana Teresa la cogió del brazo, deteniéndola.

—Puedo ayudarte.

—¿Ayudarme? —preguntó Emilie, apartando su brazo.

—Sé que no deseas estar aquí. Si no, ¿por qué estarías buscando una forma de escapar?

—No estoy haciendo eso. Solo quería asegurarme de que nadie pudiera entrar —mintió. ¿Y si la Hermana Teresa se lo decía a la abadesa? Estaría en más problemas de los que tenía ahora, estaba segura.

Una risa corta y cínica se le escapó a la hermana Teresa.

—Te ayudaré —insistió—. Encuéntrame aquí esta noche después de que todos se hayan ido a la cama. Deja la vela en tu habitación.

—Pero estará oscuro. ¿Cómo voy a ver para encontrarte?

—La luna te iluminará el camino —la hermana Teresa la dejó sin decir nada más.

Emilie no estaba segura de poder confiar en la mujer. Parecía deseosa de ayudar, pero ¿por qué? Emilie nunca había sido desconfiada. Nunca había sentido la necesidad de serlo. Su vida había sido tranquila y predecible. Se suponía que aquellos que la rodeaban debían protegerla, no mentirle. Pero ya no era así. Alguien la había traicionado y no sabía quién ni por qué. ¿Qué podía perder? El deseo de la luna había traído a Edna y a Angus para ayudarla. Esa misma luna la guiaría hacia la libertad esta noche. Si la hermana Teresa era capaz de sacarla de aquí, valdría la pena. Si la atrapaban, Emilie encontraría otra manera.

* * *

Después de las oraciones vespertinas, cada una de las monjas se dirigió directamente a sus habitaciones, cerrando las puertas tras ellas. Emilie hizo lo mismo y esperó hasta que la luna estuviera en lo alto. Mirando desde su ventana, vio lo que parecía ser la luz de un farol en la distancia. La duda sobre lo que estaba a punto de suceder invadió su mente. Nunca había hecho algo así. La vida de Emilie había sido protegida y no tenía necesidad de correr riesgos. Eso se acababa esta noche. Llegar a Robert era el objetivo principal. Si mantenía el pensamiento de él siempre presente, no había duda en su mente de que podía hacer esto.

Envolviéndose en su capa, Emilie abrió en silencio la puerta de su habitación. Tardó un minuto en adaptarse a la oscuridad antes de bajar las escaleras, con cuidado de no hacer ruido. La hermana Teresa había tenido razón. La luna iluminó su camino hasta la puerta, donde nadie la esperaba. Se paseó de un lado a otro durante un tiempo interminable, o al menos eso le pareció a Emilie. Empezó a preguntarse si la hermana Teresa había hablado en serio. Sus ojos se adentraron en la oscuridad y no vieron a nadie. Se dirigió a la puerta e intentó el pestillo, pero se sorprendió al verlo abrirse. Emilie se apresuró a pasar, y estaba a punto de correr cuando el fuerte olor a tabaco y sudor la alertó de que no estaba sola.

El corazón le latió con fuerza en el pecho cuando una gran mano le cubrió la boca y un brazo la rodeó por la cintura, levantándola del suelo y colocándola encima de un caballo. Sintió que el hombre subía al caballo y se sentaba detrás de ella mientras la sujetaba por la cintura.

—¿Quién eres? —logró decir cuando el hombre soltó su mano. El miedo le recorrió el cuerpo y se estremeció incontrolablemente. Debería gritar pidiendo ayuda, pero el hombre se enfadaría y posiblemente le haría daño. Además, no estaba segura de que la escucharan o de que alguien en el convento se preocupara lo suficiente como para rescatarla. El hombre era dos veces más grande que ella y tenía una voz áspera y fría que la asustó cuando habló.

—No importa quién sea —llamó al caballo con un sonido y éste comenzó a caminar—. Gracias, hermana Teresa.

—Adiós Emilie —dijo la hermana Teresa desde algún lugar en las sombras—. Buena suerte en tu nueva vida.

—¿A dónde me llevas? —preguntó Emilie. No tenía sentido mirar alrededor. No había nada para ver. La luna que la había guiado hasta la puerta ahora estaba oculta en las nubes, dejando los alrededores tan oscuros que apenas podía ver el caballo sobre el que estaba.

—Con tu nuevo marido.

—No lo entiendo —se preguntó si ese hombre la llevaría con Robert.

—No hace falta que lo entiendas. He pagado a la hermana Teresa por sus servicios y cobraré mis monedas cuando te entregue a tu marido.

—Pero no quiero un marido —ahora comprendía que no iba a encontrarse con Robert. En cambio, le esperaba algo indescriptible.

—Eso no es de mi incumbencia. Harás lo que se te diga. Ni se te ocurra intentar escapar —una risa baja retumbó en su pecho.

—¿Qué sentido tiene luchar? Es evidente que eres más fuerte que yo —Emilie se resignó a quedarse donde estaba. Esperaría una oportunidad para escapar o ser rescatada, aunque eso parecía poco probable.

—Eres una joven muy inteligente. Odiaría tener que atarte como he hecho con otras antes que tú —un susurro siniestro en su oído le produjo un escalofrío.

—¿Haces esto a menudo? —Emilie hizo todo lo posible por sofocar el temblor de su voz.

—No. Solo cuando se presenta la oportunidad.

No estaba segura de cómo iba a salir de este lío. Tal vez durante el día le resultaría más fácil llamar la atención de un transeúnte.

—Mañana tendrás un día de viaje muy ocupado.

—¿A dónde iré?

—Un barco me esperará a lo largo del río. Te entregaré para que me paguen y seguiré mi camino. No sé a dónde irás a partir de ahí.

—¿No puedes darme más información?

—Me temo que es todo lo que sé. No tengo ningún nombre, si es lo que estás pensando. Puedes apoyarte en mí para dormir, si lo deseas.

Dormir encima de un caballo sería imposible, incluso si pensara que podía hacerlo, y lo último que quería hacer era apoyarse en el hombre a sus espaldas. Se mantuvo rígidamente erguida para evitar ese contacto. Su vida estaba cayendo en una espiral descendente de la que no parecía haber salida. Le aterrorizaba saber que la estaban vendiendo a alguien para ser su esposa. Si no podían conseguir una esposa como la mayoría de los hombres, ¿cuál era la razón? La sensación de malestar en la boca de su estómago persistió durante toda la noche. Cuando la luz comenzó a filtrarse entre las nubes, Emilie no pudo evitar pensar que esto tenía que ser una pesadilla, pero pronto descubrió que no lo era.

EDNA, Angus y Robert llegaron a la Abadía de Port-Royal a la mañana siguiente. No tuvieron que ir muy lejos desde su campamento, llegando a la abadía a tiempo.

—Con suerte, no la han convertido en monja durante la noche —dijo Edna con una risa.

Robert estaba un poco más serio.

—¿Crees que lo harían?

—Por supuesto que no. Ella acaba de llegar —le aseguró Edna.

Bajaron de sus caballos, dejándolos pastar en los exuberantes pastos de la abadía.

Al encontrar la puerta cerrada por dentro, Angus accionó una campana que estaba colgada cerca.

—¡Hola!

Un momento después, la puerta se abrió y fueron recibidos por una joven monja.

—Sí. ¿Qué puedo hacer por vosotros?

—Estamos buscando a una joven que pudo haber llegado aquí ayer.

—Un momento, por favor —desapareció por la puerta, cerrándola tras ella.

—Parecen demasiado cautelosas, ¿no creéis? —dijo Edna.

La puerta se abrió de nuevo y se les permitió entrar.

—Por aquí.

La monja las condujo a una oficina donde la abadesa estaba sentada detrás de su escritorio.

—Estáis buscando a Emilie Toussaint, ¿es correcto?

—Sí, es correcto —dijo Edna.

—No está aquí —dijo la abadesa.

—¿A qué se refiere? Debió haber llegado ayer.

—Ella llegó, pero se escapó por una puerta sin llave.

—¿Hace cuánto tiempo fue eso? —preguntó Robert, con la voz llena de preocupación.

—En algún momento después de las oraciones de la tarde.

—No pudo haber ido muy lejos —dijo Edna—. Va a pie.

—Alguien se encontró con ella en la puerta y se la llevó. Una de nuestras monjas estaba cerca en ese momento y los vio. Supuse que era el hombre con el que dijo que se iba a casar.

—Eso no es posible. Yo soy el hombre con el que se iba a casar —dijo Robert.

La abadesa parecía bastante confundida, lo que hizo que Edna se sintiera más inquieta de lo que ya estaba.

—¿Quién podría ser? —preguntó Angus—. Ella no conoce a nadie en todo el camino hasta aquí.

—¿Podemos hablar con la monja que los vio? —preguntó Edna. Algo estaba mal aquí y ella tenía la intención de llegar al fondo del asunto.

—Si, esperad aquí, la llamaré —la abadesa los dejó solos en su despacho.

—No me gusta esto —dijo Robert, paseándose por la habitación—. Ella podría estar a kilómetros de distancia de nosotros ahora.

—No puedo imaginarla yéndose con alguien por su cuenta. Ella sabría que es peligroso —dijo Edna.

—Si estaba lo suficientemente desesperada, es posible que hubiera estado dispuesta a correr el riesgo —añadió Angus.

La abadesa volvió con una joven monja que parecía decidida a esconderse detrás de la abadesa.

—Esta es la hermana Teresa —les presentó a la monja, apartándose para que pudiera ser vista.

Edna notó inmediatamente que estaba bastante nerviosa, y se preguntó si conseguirían sacarle algo con la abadesa allí de pie.

—¿Podemos hablar con ella a solas? —preguntó Edna.

—Por supuesto. Estaré cerca si me necesitáis —la abadesa volvió a salir por la puerta.

—Gracias por su ayuda —llamó Edna tras ella antes de dirigirse a la joven monja—. Hermana Teresa, me han dicho que vio salir a Emilie anoche.

—Sí, Madame, la vi. Se fue con un hombre a caballo —la Hermana Teresa miró de un lado a otro a Angus y a Robert, pareciendo muy recelosa de ellos.

—¿Sabes en qué dirección se dirigían? —preguntó Robert.

—No estoy segura. No vi qué dirección cogieron.

—Creo que sabes más de lo que dices —dijo Edna. Se concentró en la hermana Teresa, mirándola a los ojos y utilizando su brujería para hacer que hablara.

—El hombre me paga cuando viene una mujer al convento que sería una buena esposa. Las lleva al río donde suben a un bote. No sé a dónde van desde allí.

—Así que has vendido a Emilie a un extraño —la voz de Robert se elevó con suficiente furia como para que la abadesa se apresurara a entrar en la habitación.

—No es un extraño para mí —dijo la hermana Teresa—. Su nombre es Marc Allard.

—¿Está todo bien? —la abadesa echó un vistazo a la habitación y su mirada se posó en la hermana Teresa—. He oído gritos.

—La hermana Teresa es la culpable aquí —dijo Robert mientras golpeaba el escritorio con el puño cerrado.

—¿A qué se refiere? —la abadesa pareció desconcertada.

—Ella ha estado vendiendo mujeres a un hombre llamado Marc Allard. Anoche le vendió a Emilie.

—Hermana Teresa, ¿eso es cierto? —preguntó la abadesa.

Todavía bajo el hechizo de Edna, la hermana Teresa dijo:

—Sí. Es verdad.

—Deberíamos irnos. Cuanto antes nos pongamos en marcha, antes la encontraremos. Tenemos que llegar a ella antes de que suba al bote —Robert salió por la puerta y corrió hacia los caballos.

Edna liberó a la hermana Teresa de su hechizo y miró a la abadesa.

—¿Podemos confiar en que usted se ocupará de esto?

—Tened la seguridad de que esto no volverá a ocurrir —fulminó con la mirada a la hermana Teresa—. Será castigada por lo que ha hecho.

Edna asintió en señal de agradecimiento y, cogiendo a Angus de la mano, corrió tras Robert.

—No te preocupes, Robert. La encontraremos —dijo Edna.

Los tres partieron al galope. Robert parecía saber a dónde debían ir, así que Edna y Angus lo siguieron.

CAPÍTULO 16

Agotados por el viaje de ayer, la magia de Edna acudió al rescate, dándoles la energía que ellos y sus caballos necesitaban para continuar a un ritmo vertiginoso. Después de varias horas en la silla de montar, pudieron ver el río más adelante.

—¡Ahí está! —dijo Robert, guiándolos hacia la orilla. Cabalgando a lo largo de las orillas del río, vieron un bote típicamente utilizado para transportar personas a través del río, atracado cerca de un muelle de madera. El hombre a bordo estaba recibiendo el pago de otro hombre en la orilla—. Deben ser ellos —dijo Robert, espoleando su caballo al galope y precipitándose hacia el bote.

Edna no estaba segura de que fueran a llegar a tiempo, y tuvo razón. El bote se alejó de la orilla justo cuando lo alcanzaron.

—Iré tras él. Tú atrapa a Allard —le gritó Robert a Angus.

Allard estaba a punto de montar su caballo para una rápida huida, cuando Angus lo cogió por la parte trasera de su capa y lo tiró al suelo.

—No te muevas o te arrepentirás —Angus sacó su espada para dejar claro su punto.

Edna se volvió para ver dónde estaba Robert. Había llegado al bote y había subido a él. Unos gritos indescifrables salieron del bote, y un momento después Robert fue visto arrojando al barquero por la borda.

—¡Angus! —gritó Edna—. El barquero. Atrápalo antes de que intente huir.

Ella cogió la espada de Angus y la colocó contra la garganta de Allard.

—Ni se te ocurra intentar nada. Soy mejor con la espada de lo que crees.

* * *

ROBERT OYÓ cómo Angus arrastraba al barquero hasta la orilla mientras él escudriñaba el bote en busca de algún lugar donde pudiera estar escondida Emilie. No era un barco grande y no podía ver a nadie más a bordo, pero de todos modos sacó su puñal. Estaría preparado si alguien intentaba detenerlo.

—¡Emilie! —llamó, pero no hubo respuesta. Tampoco había movimiento. Parecía que era una tripulación de un solo hombre. Divisó un pequeño camarote de madera en la parte trasera del barco y se dirigió hacia allí. Al abrir la puerta, encontró a Emilie sentada en un rincón de la pequeña habitación que parecía un armario, atada y amordazada. El alivio lo invadió cuando descendió sobre ella y la cogió en sus brazos—. Emilie. Emilie —le besó la cabeza—. ¿Estás bien? —no esperó una respuesta antes de empezar a examinarla y comprobar si estaba herida.

Su llanto ahogado le permitió percatarse de la mordaza que tenía en la boca. Se la quitó y Emilie, con las manos aún atadas delante de ella, le cogió el rostro, atrayéndolo. Robert se tomó un momento para mirarla a los ojos antes de cubrir sus labios con los suyos en un beso lleno de muchas emociones. Todo iría bien. La tenía aquí en sus brazos una vez más.

—¿Te han hecho daño? —preguntó Robert, sabiendo que, de ser así, los dos hombres lo pagarían caro.

—Estoy bien. Sabía que me salvarías —lo miró con adoración a los ojos.

—Te prometo que siempre lo haré —le desató las muñecas y la ayudó a levantarse.

Una vez que estuvieron a salvo en cubierta, Robert cogió el remo largo y llevó el bote de regreso al muelle, donde Angus se reunió con ellos y ayudó a Emilie a descender.

Robert saltó del bote y se unió a ellos, cogiendo a Emilie en sus brazos y abrazándola.

—¿Y mi dinero? —preguntó el barquero. Ahora estaba empapado y en el suelo con Allard.

—Háblale de ello —señaló Angus a Allard, quien había permanecido inmóvil bajo la mirada fulminante de Edna.

—Emilie, estábamos muy preocupados por ti. Más vale que estos dos no te hayan puesto la mano encima —Edna fulminó con la mirada a los dos hombres.

—No la he tocado. Lo prometo —gritó Allard desde su posición en el suelo. Logró ponerse en pie y fue a por su caballo.

Antes de que pudiera llegar, Angus lo tiró de nuevo al suelo. Con una rápida búsqueda en las bolsas de Allard, recuperó una cuerda para atar las manos y los pies de ambos hombres mientras Edna los retenía a punta de espada.

—No creíais que os íbamos a dejar escapar con lo que habéis hecho, ¿verdad?

—Lo que habéis estado haciendo —lo corrigió Edna.

Robert se dio cuenta de que ella quería hacer un buen uso de la espada que tenía en la mano, pero sabía que había otra manera.

—Los llevaremos al pueblo más cercano y los dejaremos con las autoridades de allí.

Edna asintió a regañadientes, luego se apartó de los prisioneros y le devolvió la espada a Angus. Volviéndose hacia Emilie, la cogió en sus brazos y la abrazó con fuerza. Robert pudo ver las lágrimas en sus mejillas, pero no era capaz de dejar ir a su Emilie. Había temido mucho perderla. Si pudiera elegir, ella no se iría de su lado en mucho tiempo.

—¡Cuidado ahí! —Robert se giró a tiempo para ver que Angus

había subido a ambos hombres al caballo de Allard y los había asegurado para que no se cayeran—. ¿Necesitas una mano ahí, Angus?

—Creo que puedo encargarme de estos dos. Tienes las manos llenas ahí.

Con eso, Edna se rio y soltó a Emilie.

—Me alegro de que estés a salvo, muchacha —con una sonrisa a Robert, se alejó para darles algo de privacidad.

Robert siguió sosteniéndola contra su pecho.

—Pensé que te habíamos perdido.

—Me alegro mucho de que no fuera así —Emilie enterró la cabeza en su pecho—. Ahora podemos estar juntos.

Una sensación de alivio los invadió a todos.

—Sí, podéis estar juntos —dijo Edna—. Ahora, habrá que hacer planes para que tengáis un lugar al que ir y donde podáis vivir sin problemas. Creo que a María no le alegrará saber que habéis escapado, pero nos aseguraremos de que estéis lo suficientemente lejos como para que no pueda llegar hasta vosotros.

Edna y Angus subieron a sus caballos. Angus colocó a los dos hombres en el caballo de Allard junto al suyo. Emilie cabalgó con Robert, quien parecía más que feliz de aferrarse a ella para siempre. Emilie bostezó y luego una pequeña sonrisa de alivio apareció en su rostro.

—Hemos cabalgado toda la noche para llegar aquí. No he dormido nada.

—Creo que todos necesitamos un buen descanso antes de concretar nuestros planes —dijo Edna, sintiendo que los efectos de su magia desaparecían.

—Hay un pueblo cercano. Deberíamos poder encontrar un lugar para descansar y tener una buena comida —dijo Robert.

—Vamos a celebrarlo —dijo Edna—. Mi corazón se alegra al veros juntos.

* * *

LLEGARON a una pequeña posada en las afueras de un pueblo no tan pequeño. Angus les consiguió dos habitaciones en el piso superior y las pagó.

—Este bolso tuyo ha sido muy útil.

—Una de mis mejores ideas —dijo Edna—. No sé si quiero comer o dormir primero —dijo, sintiendo que iba a bostezar. Lo ocultó detrás de su mano mientras esperaba que los demás dijeran algo.

—Tengo bastante hambre —dijo Angus.

—Yo también —añadió Robert.

—¿Y tú, Emilie? —preguntó Edna.

—Comida. No he comido desde ayer.

—Entonces, comida —dijo Edna.

—Robert y yo dejaremos a estos dos en el pueblo. Volveremos pronto y entonces podremos comer —se dirigieron con sus dos prisioneros quejumbrosos, dejando a Edna y Emilie.

—Vamos arriba a asearnos, ¿vale? —Edna las condujo a sus habitaciones—. Te veré en breve —entró en su habitación y, tras lavarse la cara y las manos, se tumbó en la cama a esperar el regreso de los hombres. Podría dormir una pequeña siesta antes de que volvieran.

EN EL PRIMER piso había un pequeño comedor. Había tres mesas, ninguna de las cuales estaba ocupada. El tamaño del local dejaba claro que era un negocio muy pequeño y que ellos eran los únicos clientes.

Ocuparon una de las mesas mientras la persona que les había alquilado las habitaciones pasaba corriendo junto a ellos y atravesaba una puerta al final de la sala. Volvió unos instantes después con un pollo asado entero, patatas, zanahorias y guisantes. También había una bandeja de queso, mantequilla y pan sobre la mesa. Era una comida sencilla pero encantadora.

—Es todo lo que tenemos hoy. Disfrutad —él los dejó con todo lo que necesitaban y volvió momentos después con una jarra de vino.

—¿Siempre es así de tranquilo? —preguntó Edna mientras él les servía una copa a cada uno.

—Sí, pero esta es nuestra casa. Si tenemos invitados, somos felices.

Si no los tenemos, somos felices —el hombre sonrió y volvió a la cocina, dejándolos solos.

—Tenemos una posada en casa. Ya no vivimos allí, pero mi sobrina y su marido la manejan por nosotros —Edna echó un vistazo a la habitación y se dio cuenta de que estaba impecable. Eso demostraba que los propietarios estaban muy orgullosos de su posada, al igual que ella lo estaba de El Cardo y La Colmena.

—¿Dónde vivís ahora? —preguntó Robert.

—Edimburgo —dijo Angus. Se sirvió un muslo de pollo—. Es donde el trabajo de Edna nos ha llevado.

Cada uno se sirvió y, cuando terminaron, Edna sugirió un paseo para ayudar con la digestión.

—Nunca me gusta acostarme justo después de comer. Podemos caminar un poco y hablar. Tengo algunas cosas para que las consideréis.

Una vez que salieron, caminaron un poco lejos del pueblo antes de que Edna volviera a hablar.

—Sé que no estáis seguros de lo que vais a hacer a continuación, y quería daros una opción en la que quizá no hayáis pensado. Emilie, tu casa familiar ha desaparecido y Robert ha dicho que no hay nada para ti en Escocia. ¿Qué os parecería viajar al futuro con Angus y conmigo? Os llevaríamos a Glendaloch, donde se encuentra nuestra posada. Podéis alojaros allí y dar pasos hacia una nueva vida para vosotros. ¿Qué os parece?

Robert y Emilie se miraron. Edna podía ver que esto iba a ser más un desafío para Robert que para Emilie. Su mirada de preocupación se posó en Angus.

—Creo que eso me gustaría —dijo Emilie—. ¿Qué piensas tú, Robert?

—No estoy seguro. Tengo muchas preguntas —su ceño se frunció mientras se frotaba la nuca.

—Te las responderé todas, pero primero dejadme deciros que he llevado al futuro a muchos jóvenes, hombres y mujeres, de una época incluso anterior a ésta. Todos son felices y han encontrado formas satisfactorias de vivir sus vidas.

—Robert, sé cómo te sientes —dijo Angus—. No siempre he vivido en el futuro. Vengo de una época muy anterior a ésta, más de cien años. Edna me llevó al futuro. He tenido una buena vida allí. Una vida que he compartido con Edna. No tengas miedo.

—¿Qué haría yo? —preguntó Robert—. ¿Cómo me ganaría el sustento? —se pasó las manos por el pelo antes de mirar a Emilie. Ella cogió su mano entre las suyas y él se relajó inmediatamente.

—Al principio, lo más fácil sería que os quedarais con Maggie y Dylan. Mis sobrinos. Podrían enseñaros todo sobre cómo dirigir una posada. Dylan es cocinero y muy bueno, así que siempre tendréis mucha comida. Maggie es como yo. Está al tanto de los que viven en el pasado y en nuestra época. Si surgen problemas, ella se encarga de ellos.

—Hay tiendas en el pueblo, un buen pub y un médico —añadió Angus.

—No queremos recibir caridad. Queremos ganarnos la vida —dijo Robert.

—Robert tiene razón —dijo Emilie—. Sois muy amables al ayudarnos. No quisiéramos aprovecharnos.

—Entendido. Quiero que sepáis que hay un lugar para vosotros. Estaréis cómodos y felices, creo, pero depende de vosotros. Cuando volvamos a la posada, ¿por qué no os tomáis un tiempo para hablar y mañana me decís lo que pensáis? —Edna miró a Angus, quien asentía con la cabeza—. También necesitaremos encontrar un puente cercano, si es posible.

—¿Un puente? —preguntó Robert.

—Sí. De esa manera viajo en el tiempo —dijo Edna.

Robert y Emilie intercambiaron miradas llenas de confusión.

—Si decidís venir con nosotros, veréis de qué hablo —les aseguró ella.

La joven pareja pareció conformarse con dejar las cosas así por el momento. Entonces, todos se dirigieron a la posada y a sus habitaciones para pasar la noche.

—Estoy agotada —dijo Edna, una vez que estuvieron en su cama.

—Al igual que yo. Una buena noche de sueño en una cama que

espero sea cómoda nos vendrá bien a los dos.

—Y mañana nos vamos a casa.

—Una vez que arreglemos las cosas con Robert y Emilie —aclaró Edna—. No me gusta la idea de dejarlos aquí sin un plan.

—Si deciden no venir con nosotros, entonces nos quedaremos aquí un tiempo más para asegurarnos de que se instalen.

—Crucemos los dedos para que quieran viajar con nosotros a Glendaloch —Edna pudo ver que Angus estaba más que listo para volver a casa.

* * *

—¿Qué piensas? —preguntó Emilie. Estaba sentada en un pequeño taburete de madera junto a la chimenea mientras Robert hacía un fuego para mantenerlos calientes.

—No estoy seguro. ¿No tienes miedo de partir?

Ella arrugó el ceño e inclinó la cabeza hacia un lado, mirando al fuego mientras pensaba.

—No. ¿Te sorprende?

—Quizá un poco —dijo Robert—. Nos dirigimos hacia lo desconocido.

—En este momento, nuestro futuro es desconocido, independientemente de lo que elijamos. No hay garantías de que encontremos un lugar aquí en Francia o en Escocia. No tengo familia, y la tuya, por lo que me has contado, podría no estar dispuesta a ayudarte.

—No creo que lo hagan —para él, estaba claro que ella sabía lo que quería hacer, pero él tenía muchas preguntas. Si el ceño fruncido de Robert era una indicación de sus sentimientos, entonces podrían quedarse.

—¿Por qué frunces mucho el ceño, Robert? ¿No quieres irte? —Emilie extendió la mano para tocar su brazo—. Edna y Angus quieren ayudarnos. Son buenas personas. Confío en ellos. ¿Y tú?

—Sí, confío. Nos han ayudado hasta este punto —se arrodilló frente a Emilie, cogiendo sus manos entre las suyas. Cuando miraba a Emilie, veía una imagen en su mente de lo que sería su vida juntos. No tenía ni idea de lo que le esperaba en el futuro ni de cómo podría cuidar de ella y de los hijos que tuvieran—. ¿Cómo crees que será allí?

—Creo que será mucho más maravilloso que el mundo que conocemos. Angus me dijo que se necesita poco tiempo para viajar a casi cualquier lugar.

—¿Cómo es eso posible? —preguntó Robert.

—No lo sé, pero creo que me gustaría averiguarlo.

Robert se miró las manos. Le resultaba difícil la idea de abandonar lo que les era familiar. Ceder el control de sus vidas a un futuro del que no sabían nada le hacía dudar.

Emilie le tocó la mejilla y él levantó la cabeza para mirarla.

—Nos tenemos el uno al otro. ¿Qué más necesitamos?

Él soltó un suspiro.

—Tienes razón, pero me gustaría tener más tiempo para pensar.

—Deberíamos darles nuestra decisión mañana por la mañana. Estoy segura de que quieren volver a casa.

—Imagino que sí. ¿Dormimos un poco? —preguntó Robert.

Emilie bostezó en respuesta.

—Solo hay una cama. Dormiré en el suelo —Robert estaba a punto de coger su tela escocesa extra para usarla como manta cuando la mano de Emilie en su brazo lo congeló en su lugar.

—Puedes dormir conmigo. No me importa —se sonrojó y apartó la mirada.

Robert tardó un momento en hablar y, cuando lo hizo, tartamudeó.

—Pero no estamos casados.

—Lo estaremos —Emilie se desnudó hasta su camisón y se metió en la cama.

—¿Estás segura? No podré quitarte las manos de encima.

—Robert, te amo. Sé que estaremos el uno al lado del otro para siempre, sin importar lo que nos esté esperando.

Robert dudó, luchando con el deseo de su corazón y su honor de caballero.

Emilie asintió con la cabeza y sonrió, haciéndole saber que esto estaba bien. Observó cómo Robert se quitaba la falda escocesa pero se dejaba la camisa larga. Colocó cuidadosamente la falda escocesa en el banco, alineando sus botas una al lado de la otra como había hecho en las barracas del palacio. Cuando se volvió para mirarla, Emilie le estaba sonriendo. Se sintió atraído por ella. Con movimientos cuidadosos, Robert se metió en la cama y tiró de las mantas sobre ellos.

Emilie rodó sobre su lado, apoyando la cabeza en el pecho de Robert y la mano en su vientre. Habían hecho esto muchas veces en el jardín, aunque siempre habían estado completamente vestidos. Robert la estrechó entre sus brazos mientras ella se acercaba. Nunca habían hecho más que besarse y tocarse y él estaba decidido a honrarla, dejando de lado cualquier otro deseo hasta que se casaran. No importaba lo difícil que fuera.

Emilie se apoyó con su codo para poder mirar a Robert a los ojos. Él estaba cautivado por ella, como siempre, pero ahora sabía que tendría el placer de contemplarla cada día durante el resto de su vida.

Ella se inclinó y le besó los labios, y al igual que en el jardín, él quiso tocar cada centímetro de su suave piel. Esta vez nada les impedía ir más lejos con respecto a las últimas veces. No había peligro de miradas indiscretas. Pero él no la presionaría. Emilie volvió a tocar suavemente sus labios con los suyos mientras le pasaba la mano por el pelo.

Robert se mantuvo muy quieto para luchar contra las necesidades que ella encendía en él.

Entonces, la mano de Emilie bajó más allá de su vientre. En un rápido movimiento, Robert se puso encima de ella.

—¿Estás segura de que esto es lo que quieres? —preguntó, con la respiración agitada y el corazón acelerado.

Emilie lo miró con determinación, con un fuego en los ojos que él nunca había visto antes.

—Más que nada.

—Si me dices que pare, lo haré —la tranquilizó antes de besar su cuello en el punto más sensible que sabía que la excitaría aún más de lo que ya estaba.

—No pares. No pares nunca —en ese momento, Robert decidió que haría realidad todos los deseos de Emilie.

CAPÍTULO 17

En el desayuno de la mañana siguiente, Edna no pudo evitar notar el cambio tanto en Robert como en Emilie. No pudo ocultar su sonrisa, pero decidió no hacer comentarios sobre las suyas.

—Bueno, ¿cuál es vuestra decisión?

Robert miró a Emilie antes de hablar.

—Hemos decidido que iremos con vosotros.

Edna aplaudió y casi saltó de su asiento.

—Oh, estoy muy emocionada. Será maravilloso, ya lo veréis.

—Sabemos que lo será. Estamos un poco nerviosos, pero vosotros estaréis ahí para ayudarnos —dijo Robert.

—Terminaremos de desayunar, y entonces solo necesitamos un puente —Edna se inclinó sobre la mesa para estrujar sus manos.

El posadero llegó con una gran bandeja.

—Buenos días. Espero que hayáis dormido bien.

—Lo hicimos —dijo Angus—. ¿Qué tenemos aquí?

—He traído algunos huevos frescos esta mañana de nuestras gallinas. Pan, queso y algo de jamón —colocó la bandeja en el centro de la mesa para que pudieran servirse.

—Tiene una pinta estupenda —dijo Emilie mientras se servía unos huevos.

—Señor, ¿hay algún puente cerca? —preguntó Angus cuando el posadero comenzó a alejarse.

El hombre se volvió hacia la mesa, pareciendo desconcertado por la clase de pregunta.

— Si continuáis por el pueblo, en este mismo camino llegaréis a uno que cruza un pequeño arroyo. Está un poco lejos. No podéis pasarlo de largo.

—Gracias por su ayuda. Tiene una posada preciosa, hemos disfrutado de nuestra estancia —dijo Angus.

—Tal vez nos volvamos a ver —el posadero inclinó la cabeza y los dejó.

Edna y Angus comieron con ganas, pero Emilie y Robert solo picotearon su comida.

—¿Está todo bien? —preguntó Edna.

—Al principio pensé que tenía hambre, pero luego se me quitó el apetito —dijo Emilie.

—¿Estáis nerviosos? —preguntó Angus.

—Creo que debe ser eso —respondió ella.

—Yo me siento igual —dijo Robert.

—Es comprensible. Será un gran cambio para los dos. Todo lo que puedo decir es que estoy seguro de que pensaréis que vale la pena, pero si una vez que lleguemos allí descubrís que no estáis contentos, podemos enviaros de regreso.

Eso pareció tranquilizarlos, aunque siguieron sin estar interesados en comer.

* * *

DESPUÉS DEL DESAYUNO, se tomaron su tiempo para recoger sus cosas y luego cabalgaron en la dirección en la que el posadero los había enviado. Era más lejos de lo que habían previsto, pero era un día precioso y disfrutaron del paisaje a lo largo del camino.

—Me siento mal por haber cogido los caballos de Luis —dijo Angus—. Pero no creo que haya forma de devolvérselos sin ir a las Tullerías, y no vamos a ir a ningún sitio cerca de allí.

—A él no le importará. Probablemente no los echará de menos —le aseguró Robert a Angus—. ¿Los llevaremos con nosotros a través del tiempo?

—Ya hemos viajado con caballos antes. Estarán bien —dijo Edna.

Llegaron al puente hacia el mediodía y, una vez que todos se acomodaron, Edna comenzó el proceso de transportarlos a todos al futuro. Robert y Emilie estaban comprensiblemente nerviosos, pero Edna hizo lo posible por mantenerlos tranquilos con sus instrucciones. Todos permanecieron encima de sus caballos y permanecieron muy juntos.

—Robert, aférrate a Emilie. Emilie, coge mi mano y yo cogeré la tuya Angus. ¿Estamos todos listos?

Todos confirmaron que lo estaban y, en poco tiempo, la niebla arremolinada salpicada de destellos de luces de colores los envolvió. Cuando eso se detuvo, terminaron en el puente de Glendaloch.

—Hemos llegado —anunció Edna. Dos jóvenes que lanzaban piedras al arroyo levantaron la mirada, sorprendidos. Cuando vieron que eran Edna y Angus, saludaron con la mano y regresaron su atención a las piedras.

—Es bueno estar en casa —dijo Angus, respirando profundamente y llenando sus pulmones con el familiar aroma de Glendaloch.

—¿Esto es el futuro? —preguntó Robert—. No parece diferente.

—Sé que el puente y los alrededores no parecen muy diferentes a los de vuestra época, pero esperad a que lleguemos al pueblo. Creo que os va a encantar. Puede que os sintáis abrumados al principio, pero sabed que todos estamos aquí para vosotros y queremos que os sintáis lo más cómodos posible.

—Esto es emocionante —dijo Emilie. No había dejado de sonreír desde el desayuno de esa mañana.

—Vamos —dijo Angus. Guio el camino por la senda que los llevaría a la posada El Cardo y La Colmena.

Robert mantuvo a Emilie cerca todo el tiempo. Estaban tan ocupados mirándose el uno al otro que no eran conscientes del hecho de que ahora se acercaban a la carretera principal que atravesaba Glendaloch.

—Hemos llegado —Edna los miró a los dos.

Finalmente dejaron de mirarse y prestaron atención a su alrededor. Maravilla y asombro se extendieron de uno a otro al ver por primera vez dónde y cuándo iban a vivir. A medida que se acercaban a la carretera, los coches pasaban a toda velocidad y los caballos se movían asustados por las extrañas imágenes y sonidos.

—¿Qué ha sido eso? —preguntó Robert, calmando a su caballo.

—Es un coche. Es una de las formas para trasladarse en esta época —dijo Angus.

—Ya veo por qué no se tarda mucho en llegar a ningún sitio —dijo Emilie.

—La posada está justo adelante. Estas son algunas de las tiendas de las que os hablamos. Hay una librería y una farmacia. Ahí está el pub. El consultorio del doctor Ferguson está un poco más adelante, pero él no está siempre allí —Edna señaló cada uno de los lugares de los que hablaba—. También hay un establo —miró por encima de su hombro hacia la dirección del establo—. Así que, si queréis montar, hay caballos a vuestra disposición. Angus guarda su caballo allí.

—Me gustaría visitarlo mientras estemos aquí —dijo Angus.

—¡Mira Angus, es Teddy! —ella le devolvió el saludo con la mano a un joven que corrió hacia ellos.

—¡Edna! Habéis vuelto.

—Sí. ¿Cómo estás, Teddy?

—Bien. ¿Queréis que os lleve los caballos?

—Somos afortunados de que estés aquí —dijo Edna. Desmontó y le entregó las riendas a Teddy.

Cuando los otros desmontaron, Teddy cogió también sus caballos.

—Teddy, estos son Robert MacMillan y Emilie Toussaint. Van a vivir aquí en la posada —explicó Edna.

—Un placer conoceros —dijo Teddy.

—Dile a la señora McDougall que pasaré pronto a ver mi caballo, y hazle saber que es probable que Robert quiera ir a cabalgar.

—Me aseguraré de decirle a la señora McDougall.

—Eso me gustaría —dijo Robert.

Una vez que Teddy se fue, Angus abrió la puerta de la posada y los hizo pasar.

—¡Maggie! —llamó Edna.

Una Maggie en el punto más avanzado de su embarazo salió caminando de la oficina. Tardó un momento en darse cuenta de lo que estaba viendo. Una vez que lo hizo, corrió hacia Edna y Angus, quienes la envolvieron en un abrazo.

—Por favor, no corras, querida —dijo Edna.

—¡Estáis aquí! —gritó Maggie.

—Te dije que llegaríamos tan pronto como pudiéramos. Queríamos estar aquí para ti y Dylan cuando llegaran los bebés.

—Llegáis justo a tiempo. Cualquier día de estos —dijo ella, mirando a Robert y Emilie.

—También estamos aquí porque pensamos que podríais necesitar ayuda. Robert y Emilie son recién llegados del siglo diecisiete.

—Ya me lo imaginaba. El vestido de Emilie la ha delatado —Maggie le sonrió cálidamente a la pareja—. Bienvenidos. Estamos contentos de teneros aquí con nosotros. Soy Maggie.

—Robert MacMillan y Emilie Toussaint —dijo Robert.

—He pensado que mientras ellos se orientan, ellos podrían hacer algunas de las cosas que Dylan y tú hacéis normalmente. Así vosotros podréis disfrutar de los bebés.

—Eso sería increíble —dijo Maggie—. ¡Dylan! Debería estar en la cocina.

—Estoy aquí —dijo Dylan, saliendo del comedor—. ¡Edna! ¡Angus! Qué agradable sorpresa —abrazó a cada uno de ellos.

—Han traído algunos invitados. Estos son Robert MacMillan y Emilie Toussaint. Vienen del siglo diecisiete.

—Son oficialmente viajeros del tiempo —dijo Edna.

—Es un placer conoceros —dijo Dylan—. ¿Tenéis hambre? Estoy preparando unas costillas a la parrilla allí atrás, con mazorca de maíz y ensalada de patatas. Todos los favoritos de Maggie.

—Creo que podrían ser tus favoritos —bromeó Maggie—. Estos bebés están ocupando tanto espacio que no puedo comer una gran comida estos días.

—Estoy segura de que Emilie y Robert deben tener hambre. Apenas han tocado su desayuno esta mañana —dijo Edna.

—Debisteis estar nerviosos —dijo Maggie—. No puedo culparos.

—Bueno, todavía falta un poco para que la comida esté lista. ¿Por qué no les enseñáis la ciudad y para cuando estéis de vuelta todo estará listo?

—Es bueno estar de regreso —dijo Angus mientras salían de la posada y se dirigían a la calle.

—¿Te estás arrepintiendo de tu traslado a Edimburgo? —Edna estaba preocupada. Ella pensaba que a él le gustaba su nueva vida juntos.

—Por supuesto que no. ¿No puedo extrañar esto también? —dijo Angus.

—Solo quiero estar segura de que eres feliz.

—Como te he dicho, mientras esté contigo seré feliz en cualquier parte.

Las cabezas de Robert y Emilie no habían dejado de moverse de lado a lado y de arriba a abajo. Estaban asimilando todas las cosas inusuales que nunca habían visto.

—No puedo creer lo que ven mis ojos —dijo Robert.

—Te acostumbrarás a todo —dijo Edna—. Como ya he dicho, he traído a varias personas a esta época desde el siglo dieciséis. Se han vuelto expertos en vivir en esta época. De hecho, muchos me han dicho que nunca querrían regresar.

—Creo que no nos has dicho en qué año estamos —dijo Emilie.

—Es el año 2022 —respondió Edna.

Emilie sacudió la cabeza con incredulidad.

Recorrieron la calle principal de arriba a abajo. Edna les presentó a todos los que encontraron por el camino. A Robert y Emilie les aseguraron que eran muy bienvenidos en Glendaloch y les dijeron que, si alguna vez necesitaban algo, solo tenían que pedirlo.

—Todo el mundo es muy amable —habló Robert—. Creo que seremos felices aquí.

—Creo que lo seremos —dijo Emilie, sonriéndole dulcemente.

—Deberíamos volver ahora —dijo Angus—. Creo que Dylan estará listo para nosotros y yo, por mi parte, he vuelto a tener hambre.

MAGGIE Y DYLAN estaban esperando su regreso.

—Tendremos que instalaros a ambos. Emilie, tengo algo de ropa que puedes coger prestada hasta que consigamos tus propias cosas —dijo Maggie, frotándose la barriga—. Nada me queda bien ahora mismo.

—Gracias. Mi vestido está fuera de lugar, aunque la mayoría de la gente que conocimos no pareció darse cuenta.

—Están acostumbrados a ver gente de otras épocas deambulando por la ciudad —le informó Angus.

—Pasad al comedor y sentaos. Yo traeré la comida y las bebidas —Dylan se apresuró a atravesar la puerta de la cocina.

Edna y Angus condujeron a sus invitados a la mesa familiar donde siempre se sentaban para comer.

Dylan volvió con una bandeja de comida que colocó en la mesa frente a ellos.

—Podéis empezar.

—Huele delicioso —dijo Robert, mirando las costillas.

—Adelante —dijo Dylan—. ¿Ale?

—Sí —dijeron Robert y Angus a la vez.

—Agua helada para Maggie —dijo él, mirando a su mujer.

—¿Agua helada? —preguntó Emilie.

—El agua helada es agua con cubos de hielo dentro. Tenemos una cosa que se llama congelador y hace cubos de hielo para añadirlos a la bebida. La vuelve agradable y fría —dijo Edna—. Tendréis muchas cosas nuevas para aprender.

—Te traeré un poco, Emilie, para que la pruebes. ¿Edna? —Dylan estaba ahora en la barra, colocando sus bebidas en una bandeja.

—Por favor —respondió Edna.

—Es una agradable sorpresa —dijo Maggie, pasándole la ensalada de patatas a Emilie—. Es maravilloso volver a tener una comida familiar todos juntos.

Dylan colocó todas las bebidas en la mesa y luego levantó su copa-

—Bienvenidos a casa tanto los que han vivido aquí antes como los que son nuevos en Glendaloch.

La comida fue un éxito. Los recién llegados disfrutaron mucho de todo y felicitaron a Dylan por sus habilidades culinarias.

—Me aseguraré de enseñaros todos mis trucos —dijo Dylan—. Cuando lleguen los gemelos, necesitaré ayuda en la cocina.

—Y yo necesitaré ayuda con los invitados —añadió Maggie.

—Estoy segura de que ellos están a la altura de la tarea —dijo Edna.

Robert cogió la mano de Emilie.

—Estamos contentos de ser útiles, pero primero, me pregunto si habría un lugar para que nos casemos —besó la mano de Emilie.

—Sí. Hay una pequeña capilla aquí en el pueblo —dijo Maggie.

—Haré los arreglos para vosotros —dijo Edna. Su primer trabajo como parte del Consejo de Brujas había sido un éxito y no podía estar más contenta. Esperaba que no les molestara que hubiera traído a Emilie y Robert al futuro. Realmente era la única opción que tenía sentido.

—¿Tú también eres bruja, Maggie? —preguntó Emilie.

—Sí, aunque he estado tan ocupada con el nacimiento de los gemelos que no he utilizado mucho mis habilidades.

—¿Habéis oído algo de los Mackenzie? —preguntó Edna.

—Todos están bien. Los niños están creciendo, y parece que Jenna está embarazada de nuevo.

—Maravilloso. ¿Tenéis noticias de alguien más?

—No recientemente, lo que me dice que todo está bien con nuestra familia viajera del tiempo.

—¿El doctor Ferguson está en la ciudad? —Edna esperaba que lo estuviera. Confiaban en él para los partos, tanto en el pasado como en el presente.

—Sí. Volvió la semana pasada y trajo a Lady Catherine con él. Se quedarán en la ciudad por un tiempo, así que definitivamente estará aquí para la llegada de los gemelos.

—Eso es un alivio —dijo Edna.

—Yo no estaba preocupada. Él siempre es muy bueno para estar en el lugar y en el momento en que lo necesitan —Maggie se levantó de la silla y empezó a recoger los platos, lo que hizo que todos los demás se levantaran también.

—Dylan, ¿por qué no les enseñas a Robert y a Emilie los alrededores? Voy a llamar al Pastor Robins para concertar la boda y Angus puede limpiar la mesa. Maggie, deberías ir a sentarte.

—Muy bien —dijo Dylan—. Ya habéis visto el vestíbulo y el comedor. Os enseñaré la cocina, el jardín y la casa de campo donde vivimos Maggie y yo —los condujo a través de las puertas hacia la cocina.

Edna dejó a Angus en el comedor mientras ella iba a su antiguo despacho para llamar al pastor Robins. Él contestó enseguida.

—Hola, Pastor Robins, soy Edna Campbell.

—Edna, ¿cómo estás? ¿Has vuelto a la ciudad?

—Me quedaré hasta que nazcan los bebés.

—Te hemos echado de menos, y también a Angus.

—También os hemos echado de menos a todos. Me preguntaba qué tan rápido podríamos organizar una boda en la capilla.

—¿Qué tan pronto la quieres?

—¿Ahora sería demasiado pronto?

—¿Cuál es la prisa?

—No hay ninguna prisa. Es solo que esta pareja lleva mucho tiempo esperando para casarse y han viajado una buena distancia para llegar hasta aquí.

—¿Es una de tus parejas que viajan en el tiempo, Edna?

Había sido escéptico la primera vez que había conocido a una de las personas de Edna, pero había terminado por darse cuenta de que todo era cierto. La gente viajaba de un lado a otro del tiempo aquí mismo, en Glendaloch, ¿y quién era él para cuestionarlo?

—Son una dulce pareja. Dejaré que ellos te den todos los detalles, pero solo quieren casarse lo antes posible.

—Dame una hora. Es solo un pequeño grupo, ¿verdad?

—Solo nosotros —dijo Edna.

—Muy bien. Os veré pronto entonces.

Edna terminó la llamada y fue en busca de Maggie. Los encontró a todos en el jardín.

—Esto es hermoso —dijo Emilie cuando vio a Edna.

—Me alegra que te guste. No son los jardines de las Tullerías, pero creo que es perfecto.

—Dylan nos ha enseñado su casa de campo y nos iba a llevar arriba a nuestra habitación —dijo Robert.

Ese pensamiento hizo que Edna se detuviera; las habitaciones de huéspedes eran encantadoras, pero no estaban realmente preparadas para que alguien viviera a largo plazo. Así que rápidamente tomó una decisión.

—Maggie, creo que ellos deberían ocupar nuestras habitaciones en el primer piso.

—¿Estás segura? Pensé que querríais usarlas —dijo Dylan.

—Solo estamos aquí de visita. Emilie y Robert vivirán aquí. Necesitarán el espacio extra para estar cómodos —Edna tenía sentimientos encontrados respecto a ceder sus habitaciones, pero ella y Angus ya habían decidido que su vida estaría en Edimburgo en el futuro inmediato. Lo correcto era hacer que Emilie y Robert estuvieran lo más cómodos posible. Siempre habría una habitación disponible para Edna y Angus cuando legaran de visita.

—Perfecto. Tendremos que prepararla para ellos —dijo él.

—Yo ayudaré. Pero antes de hacerlo, el Pastor Robins ha dicho que podemos bajar a la capilla y que os casará enseguida —Edna comprobó la hora—. Llegaremos un poco temprano, pero a él no le importará.

Emilie aplaudió con emoción mientras Robert la levantaba del suelo y la hacía girar.

Edna y Maggie no podían dejar de sonreír mientras observaban a la feliz pareja.

—Por eso hacemos lo que hacemos —dijo Edna.

—Espero que no os importe que no os acompañe. Me siento un poco cansada y creo que me gustaría acostarme un rato.

—Está bien, querida. Descansa. Angus y yo los escoltaremos y seremos sus testigos. Pero primero quiero recoger algunas flores para el ramo de Emilie.

Cogió sus viejas tijeras de podar de la mesa de macetas y se puso a trabajar. Maggie la siguió, señalando las flores que le parecían más bonitas. Rosas, margaritas, lavanda y velo de novia formaron un colorido y fragante ramillete.

—Traeré una cinta para atarlo —dijo Maggie mientras regresaba lentamente a la casa de campo.

Edna retiró todas las espinas y acomodó las flores en su mano. Maggie regresó con una cinta rosa ancha, envolviendo las flores y luego atándolas en un moño.

Las mujeres las sostuvieron a la distancia de un brazo para mirar su trabajo.

—Perfecto —dijo Maggie.

Edna hizo un gesto para que Robert y Emilie se unieran a ella.

—El Pastor Robins nos está esperando, así que deberíamos irnos.

Pasaron por Angus en su camino a la puerta. Robert y Emilie se cogieron de la mano mientras caminaban, haciendo preguntas sobre esto y aquello y sobre casi todo lo que nunca habían visto.

Edna estaba muy feliz mucho por ellos. Tendrían una buena vida juntos, y ella estaba feliz de ser una pequeña parte de ello.

El Pastor Robins hizo que la ceremonia fuera breve pero significativa. Había encendido velas por toda la pequeña capilla, y el centelleo de las llamas le confería al tranquilo santuario un brillo romántico. Estaba claro que esto sería un recuerdo entrañable. Robert sorprendió a todos al entregarle a Emilie un anillo de bodas sacado de su escarcela.

—Llevo tiempo guardándolo. Pensaba que nunca podría dártelo, pero me alegro mucho de hacerlo ahora.

—Es precioso —dijo Emilie, admirándolo en su dedo—. Y me queda bien.

—Era de mi madre. Me lo regaló y dijo que debía ser para mi esposa.

—Eso lo hace aún más especial —dijo Edna. Se limpió una lágrima de los ojos con un pañuelo que le entregó Angus.

—He venido preparado —dijo con una risita—. Siempre lloras en las bodas.

—No puedo evitarlo. Las bodas son la promesa de un futuro para cada pareja. Lo que hagan con él, bueno, eso depende de ellos. Hay algo en el compromiso que hacen el uno con el otro que siempre me afecta.

—A mí también —dijo Angus con un resoplido.

—¿Necesitas mi pañuelo? —bromeó Edna.

—Tengo el mío —sacó otro pañuelo de su bolsa y se secó los ojos.

Cuando la ceremonia llegó a su fin, se dirigieron a la posada para celebrar.

Mientras todos estaban ocupados en el comedor, Edna entró en la suite que ella y Angus habían compartido. Todo estaba ordenado y limpio, pero no era de ellos. Habían trasladado todo a su nuevo hogar, y era momento de que otra persona construyera una vida aquí. Sacó sábanas y mantas limpias del armario de la ropa de cama y, mientras las colocaba en su sitio, se puso un poco melancólica al pensar en su vida aquí en Glendaloch.

—Edna, ¿en qué estás pensando? —se dijo a sí misma—. Estás haciendo justo lo que siempre quisiste hacer.

—¿Hablando sola? —preguntó Angus desde la puerta.

—Sí.

—Deja que te ayude —metió la manta en su sitio y luego la cubrió con un edredón antes de volverse hacia Edna—. Es extraño estar de vuelta.

—Así es. Solo estaba reviviendo viejos recuerdos.

—Debemos hacer otros nuevos. Pero este lugar siempre estará aquí, y cuando nos cansemos de hacer nuevos recuerdos, siempre podemos volver a casa.

—¿Ya te he dicho que te amo hoy?

—No lo has hecho y he estado esperando para oírlo —bromeó Angus.

—Te amo —Edna pronunciaba esas tres simples palabras tan a menudo como podía.

—Te amo —respondió Angus, besándola dulcemente y luego sosteniéndola cerca de su corazón.

CAPÍTULO 18

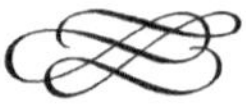

*E*dna acababa de cerrar los ojos cuando se oyeron unos fuertes golpes en la puerta.

—Edna, ya vienen los bebés —Dylan sonaba frenético al otro lado de la puerta.

—Ya vamos —dijo ella, dándole un codazo a Angus y luego saltando de la cama—. ¿Has llamado al doctor Ferguson?

—Nos verá en el hospital. Voy a ayudar a Maggie. Nos vemos en el vestíbulo.

—Los bebés ya vienen, Angus, debemos apresurarnos —ella se cambió de ropa tan rápido como pudo. Angus hizo lo mismo y luego corrieron escaleras abajo.

Emilie y Robert estaban de pie con Maggie y Dylan. Emilie parecía paralizada mientras sus ojos iban de un lado a otro entre Maggie y Robert.

—¿Ella estará…?

—Estará bien, querida. No te preocupes. Tú y Robert quedaos aquí.

—No hay invitados aquí ahora y no se espera ninguno, así que no tenéis que preocuparos por nada de eso. La cocina está llena de comida en caso de que no volvamos por la mañana —Dylan estaba mencionando todo lo que se le ocurría.

—Lo estás haciendo sorprendentemente bien —le dijo Angus a Dylan.

—He estado planeando esto en mi cabeza durante meses. Voy a por el coche. ¿Estás bien, Maggie?

—Estoy bien —dijo ella, sin sonar del todo bien.

Dylan se apresuró a ir a por el coche. Edna sostuvo la mano de Maggie.

—Recuerda respirar. Todo irá bien, y antes de que te des cuenta habrá dos pequeños para que todos los amemos.

—El coche está aquí —dijo Angus, sosteniendo la puerta de la posada para Maggie y Edna—. Volveremos.

—Buena suerte a todos —dijo Robert mientras se apresuraban hacia el coche.

El hospital no estaba lejos, pero Dylan llegó en un tiempo récord. Edna estaba agradecida por eso.

—Eres un excelente conductor, Dylan.

—Gracias. Cualquier cosa para alejar mi mente del dolor de Maggie.

—Estoy bien ahora.

Dylan corrió hacia el interior del hospital y, en poco tiempo, una enfermera con una silla de ruedas se reunió con ellos y llevó a Maggie al interior.

—Doctor Ferguson —dijo Edna cuando él apareció corriendo—. Me alegro de verlo.

—Me alegro de veros de nuevo en la ciudad. Hablaremos más tarde. Por ahora, debo traer al mundo a ciertos bebés. Ven, Dylan.

Edna se aferró a la mano de Angus mientras miraba cómo se llevaban a Maggie en la silla de ruedas.

—Supongo que no hay nada que podamos hacer más que esperar.

—Ven a sentarte —dijo Angus, conduciéndola a una pequeña habitación equipada con cómodos sillones y un televisor—. Puede que estemos aquí un rato.

—Estoy muy nerviosa. Espero que todo salga bien.

—El doctor Ferguson se encargará de ello —le aseguró Angus.

Edna se sentó en un cómodo sillón reclinable de cara a la puerta y Angus se sentó a su lado, cogiéndole la mano.

—Será mejor que nos relajemos. Vendrán a buscarnos cuando haya noticias —dijo Angus.

Reclinó su silla y cerró los ojos. Edna lo miró y deseó poder estar tan relajada como él justo ahora. Repitió una y otra vez un hechizo en su cabeza. Era uno que utilizaba siempre que necesitaba calmarse y, al poco tiempo, funcionó. Entonces, ella también reclinó su silla y pudo cerrar los ojos y quedarse dormida.

* * *

—Edna —la voz del doctor Ferguson era suave y parecía muy lejana —. Los bebés han nacido.

Los ojos de Edna se abrieron de golpe y se sentó con la espalda recta.

—¿Qué? ¿Los bebés?

—Sí. Maggie está bien y los gemelos también. Ha tenido un niño y una niña.

—¡Madre mía! ¡Angus despierta! Los bebés han nacido.

Angus abrió los ojos y estiró los brazos sobre su cabeza.

—Han tenido un niño y una niña —era una sorpresa tanto para Edna como para Angus. Maggie quiso mantener el secreto y lo había hecho muy bien.

—¡Oh, eso es maravilloso! ¿Podemos verlos?

—Sí. Por aquí.

Edna y Angus siguieron al doctor Ferguson por el pasillo, pasando por la zona de enfermería.

—Felicidades —dijeron las enfermeras cuando ellos pasaron.

—Aquí están —dijo el doctor Ferguson, deteniéndose frente a una puerta y haciéndolos pasar—. Volveré dentro de un rato.

—¡Madre mía! —exclamó Edna al ver a los bebés en brazos de su madre y su padre—. ¡Son preciosos!

—Esta es Maura —dijo Maggie.

—Este es Declan —dijo Dylan.

—¿Queréis cogerlos? —preguntó Maggie.

Edna extendió sus brazos y cogió a la pequeña Maura. Se preguntó si la pequeña tendría el mismo don que ella y Maggie. Sería maravilloso tener otra bruja en la familia. En cualquier caso, estos bebés serían muy amados. Edna apoyó su dedo en la pequeña mano de Maura. Sus delgados y diminutos dedos la envolvieron y estrujaron. Los ojos de Edna se abrieron con sorpresa.

—¡Es muy fuerte!

Angus sostenía al pequeño Declan, mirando con adoración su pequeño rostro. Declan tenía las mejillas regordetas y un mechón de pelo oscuro. Miraba fijamente a Angus, pareciendo saber que éste era el hombre que lo mimaría cada vez que tuviera la oportunidad.

—Debería llamar a tu madre y a tu padre —dijo Edna.

—Ya está hecho —respondió Dylan—. Están de vacaciones en España, pero se irán en cuanto consigan un vuelo a casa. Están deseando conocer a sus nietos.

—¿Puedes creerlo, tía? —dijo Maggie—. Ya están aquí.

—Sí, lo están y son muy hermosos, como tú.

Dylan se aclaró la garganta, haciendo reír a Edna.

—Y tú —le aseguró ella.

—Gracias por notarlo —bromeó Dylan.

Devolvieron los bebés a sus padres. Del otro lado de las ventanas, el sol estaba saliendo.

—¿Cuándo podrás volver a casa?

—El doctor Ferguson pensó que debía quedarme una noche más. Así que mañana por la mañana.

—Debes estar agotada —dijo Edna.

—Sorprendentemente no —dijo Maggie—. Me siento renovada por alguna extraña razón.

Se quedaron un rato hablando de los bebés y de Maggie. Edna no quería marcharse, pero quería que Maggie y Dylan pasaran unos momentos a solas con Maura y Declan.

—Deberíamos irnos —dijo ella.

Dylan le entregó a Angus las llaves del coche.

—Puedes llevarte el coche. Yo me quedaré aquí con mi mujer y mis bebés —su sonrisa no podía ser más grande—. ¡Soy padre!

—Volveremos a la posada. Llamadnos cuando estéis listos para volver a casa y vendré a buscaros —dijo Angus.

—Lo haremos —dijo Dylan, caminando con ellos hacia la puerta—. Gracias, Edna. Nada de esto habría sido posible sin ti.

—Me alegra ver que mi intromisión ha dado lugar a la creación de una pequeña familia feliz.

La besó en la mejilla y le dio un abrazo a Angus. Edna se sintió muy emocionada.

—Demasiado amor. Demasiada felicidad.

Angus le rodeó los hombros con un brazo y la acompañó hasta el coche. Permanecieron un rato en el aparcamiento mientras él sostenía a Edna en sus brazos y el sol se abría paso en el cielo.

* * *

Los siguientes días en la posada fueron un torbellino. Edna y Emilie hacían todo lo que podían para ayudar a Maggie. Cambiaban los pañales siempre que era necesario y cogían a los bebés en brazos siempre que podían.

—Emilie, algún día serás una buena madre —dijo Edna.

—¿De verdad lo crees?

—Lo creo. Realmente tienes un don con Maura y Declan.

Edna estaba impresionada por el instinto maternal de Emilie y su disposición a hacer todo lo que Maggie necesitara, sobre todo porque se había preguntado si Emilie estaría a la altura de la tarea. Toda su vida la había pasado siendo cuidada y atendida por sirvientes, y nunca había tenido la oportunidad de hacer este tipo de cosas. Edna estaba tranquila porque cuando ella y Angus se fueran a Edimburgo, Maggie y Dylan tendrían toda la ayuda que necesitaban, sobre todo porque la madre y el padre de Maggie habían llegado el día anterior.

Robert pasaba un buen rato siguiendo a Dylan y aprendiendo los secretos de ser cocinero y dirigir una posada. Al principio le preocupaba no poder hacerlo, pero Dylan le aseguró que no se iría a ninguna parte y que estaría allí mismo en caso de que Robert necesitara ayuda en algo. Aunque, al igual que Emilie, él se estaba adaptando bien y aprendía rápido. Edna estaba segura de que tendrían éxito y prosperarían en sus nuevas vidas.

—Hemos sido muy afortunados de teneros a ti y al tío Angus aquí con nosotros. No puedo agradeceros lo suficiente que hayáis traído a Emilie y Robert. Ellos han sido de gran ayuda. Una vez que ellos se familiaricen con todo por aquí, tendremos mucho más tiempo libre.

—Por mucho que odie dejaros, vuestro tío Angus y yo debemos volver a Edimburgo. William se enfadará porque hemos estado fuera mucho tiempo, y debo presentarme ante el consejo —Edna se secó una lágrima que fue seguida por otra y otra—. Oh…

La voz de Maggie se quebró al hablar

—Lo entendemos. Ha sido un placer teneros aquí con nosotros. ¿Cuándo vendréis a visitarnos de nuevo? —le tendió a Edna un pañuelo desechable y cogió uno para secar sus propios ojos.

—Será difícil mantenernos alejados. Esos dulces niños crecerán muy rápido. Vamos a querer pasar todo el tiempo que podamos con ellos.

—Bien. Eso es lo que esperaba que dijeras.

—Voy a buscar a tu tío. Volveremos a veros antes de irnos.

* * *

EDNA ENCONTRÓ a Angus en su lugar favorito leyendo su periódico.

—Mi amor, creo que es hora de que regresemos a Edimburgo.

—Estaba pensando lo mismo —respondió Angus. Dobló el periódico y lo puso en la mesilla junto a la silla.

—Dylan nos llevará a la estación de tren. ¿Seguro que estás preparado?

—Lo estoy, pero ¿lo estás tú? —Angus inclinó la cabeza y la miró con una ceja arqueada.

—Por supuesto que lo estoy. Debo presentarme ante el consejo. He llamado para decirles que volveré a la oficina mañana, así que me estarán esperando —miró el vestíbulo de la posada, experimentando una inequívoca sensación de tristeza—. Volveremos de visita antes de que te des cuenta —dijo tanto para ella como para Angus.

—Vamos a despedirnos de Emilie y Robert.

—¿Dónde están?

—Robert está en la cocina —dijo Angus, dirigiéndose en esa dirección.

Lo encontraron ocupado picando verduras y echándolas en una olla. Dylan estaba haciendo lo mismo.

—Vamos a seguir nuestro camino —dijo Edna al verlos—. Queríamos venir a despedirnos de Robert y Emilie.

—Voy a por el coche —Dylan se lavó las manos y luego se dirigió al exterior.

—Emilie está en el jardín —dijo Robert. Dejó el cuchillo y se limpió las manos en el delantal. Edna y Angus lo siguieron mientras él los guiaba por la puerta trasera.

En el jardín, Emilie estaba recogiendo hierbas frescas.

—Emilie, Edna y Angus se van a casa —dijo Robert.

Ella puso las hierbas en su cesta.

—Lamentaremos que os vayáis.

—Ven aquí, querida —Edna le tendió los brazos y Emilie se abalanzó sobre ellos para abrazarla—. Vais a ser lo mejor que le ha pasado a Glendaloch en mucho tiempo. Os voy a echar de menos, pero sé que estaréis bien sin mí.

Robert y Angus se dieron la mano y se abrazaron, antes de que Robert se uniera a Emilie y abrazara a Edna.

—Robert, tú das los mejores abrazos.

Edna miró a Angus.

—No te preocupes, los tuyos son aún mejores.

Angus se rio al igual que Robert y Emilie.

—Gracias por todo lo que habéis hecho por nosotros —dijo Robert—. Estamos muy contentos de estar aquí y estamos deseando ver qué nos deparará la vida en Glendaloch.

—Os queremos mucho a los dos y estaremos siempre en deuda con vosotros —a Emilie se le salieron las lágrimas, lo que hizo que Edna también se emocionara.

Angus le tendió un pañuelo y ella lo usó para secarse los ojos antes de abrazar a Emilie una vez más.

—Volveremos. Nos seguiréis viendo —dijo Angus—. Esos niños son una gran atracción.

Maggie abrió la puerta de la casa de campo.

—Oigo muchas despedidas aquí —llevaba en brazos a los dos bebés. Emilie se acercó a ella y cogió a Declan—. Ahora que tengo un brazo libre, necesito un abrazo.

Edna y Angus se turnaron para abrazar a Maggie y decirle a ella y a los bebés lo mucho que los amaban.

—Volveremos en un abrir y cerrar de ojos —Edna se limpió más lágrimas antes de coger el brazo que Angus le ofrecía y dejar atrás Glendaloch… por ahora.

* * *

WILLIAM ESTABA SENTADO en la ventana de su piso mirándolos con un desdén felino. Angus abrió la puerta y Edna se apresuró a entrar, feliz de ver a William y con ganas de cogerlo en brazos y colmarlo de amor.

William, por su parte, le hizo saber exactamente su opinión al respecto. Bajó de un salto de la ventana y, con la cola en alto, salió de la habitación sin siquiera frotarse contra sus piernas.

—Creo que está molesto.

—¿Qué te ha hecho pensar eso? —Angus se rio—. Es bueno estar en casa. No puedo esperar a dormir en mi propia cama esta noche.

—Voy a asearme y cambiarme, y luego iré a la oficina a contar nuestro viaje al consejo.

—Veré si puedo hacer entrar en razón a William. Parece que nuestra encantadora vecina nos ha traído algunos víveres.

—Qué dulce de su parte. Tendremos que invitarla a cenar.

—No esta noche.

—No, por supuesto que no. Mañana por la noche será mejor, si ella puede venir.

Edna se paseó por el piso. Intentó hablar con William, pero él no cedía. Ya entraría en razón. No había nada inusual en su comportamiento. Se puso ropa limpia, se cepilló y arregló el pelo, sustituyendo el mechón azul que era su look característico y se dirigió al Consejo de Brujas.

—Has estado fuera bastante tiempo —dijo Melusina cuando entró en el despacho.

—Hola a ti también —dijo Edna sintiéndose un poco malhumorada por el saludo recibido.

—Bienvenida —dijo Daire, indicándole que se sentara junto a su escritorio.

—¿Dónde está Mardella? —preguntó Edna.

—Está resolviendo algunos problemas en Londres. Volverá cuando termine —dijo Melusina, acercando una silla a Edna.

—Entonces, cuéntanos todo sobre tu misión —dijo Daire.

—Hay mucho para contar, pero lo primero que debo decir es que, a partir de ahora, yo misma facilitaré mis viajes en el tiempo.

Melusina se sorprendió:

—¿Por qué? ¿Hubo algún problema?

—Me enviasteis a la época correcta, pero acabamos muy cerca de ésta. Angus y yo tuvimos que encontrar una forma de llegar a París que no nos llevara un mes o más.

Melusina intercambió una mirada con Daire.

—Es bueno saberlo. A partir de ahora, los viajes en el tiempo dependerán de ti.

—Gracias por entenderlo. Emilie Toussaint y Robert MacMillan ya están casados, y como no les pareció práctico quedarse en su propia época, viajaron a Glendaloch con nosotros. Se alojarán en mi posada con mi sobrina y su marido.

—No sé si eso era parte del plan. Pensé que solo ibas a ayudar a Emilie a cumplir su deseo.

—Lo hice. No fue fácil y me llevó algo de tiempo, pero hice lo que me propuse.

—Estoy segura de que hay más en la historia que eso —Daire golpeó el bloc de papel frente a ella con un lápiz.

—Os ahorraré todos los detalles, pero María de Médicis casi hizo imposible mi tarea. Su hijo Luis, en cambio, me ayudó mucho.

—¿Conociste a Luis XIII? —Melusina parecía impresionada.

—Lo hicimos.

—¿Y crees que todo salió como debía?

—Al final. Robert y Emilie estaban destinados a estar juntos. Era obvio desde el principio. El amor es un viaje. El suyo comenzó con circunstancias menos que ideales, pero ahora son muy felices. Se casaron en Glendaloch y mi sobrina se ocupará de cualquier necesidad que puedan tener, incluso si eso significa su deseo de volver a su época.

—Parece que lo has resuelto todo satisfactoriamente.

—Creo que sí.

—Nos alegra oírlo porque, una vez que hayas podido descansar, tenemos algo nuevo para ti.

Edna se sentía aliviada porque estaban contentas con el resultado de su misión, y también se sentía feliz debido a la existencia de al menos una más.

—Ve a casa con tu marido y William. Disfruta de unos días de descanso y luego discutiremos tu próxima misión.

Edna no quiso preguntar cuál sería esa próxima misión. Si se lo decían, probablemente querría marcharse inmediatamente para ir al lugar y al momento en que la necesitaran.

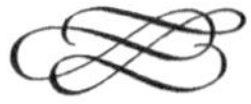

—*D*eberíamos llamar a Maggie para ver si necesitan que recojamos algo mientras estamos fuera —dijo Robert.

Emilie sacó su teléfono del bolso y marcó a Maggie. Se le escapó una ligera risita. Señaló el teléfono mientras se lo llevaba a la oreja. Aquella pequeña cosa que tenía en la mano era uno de los descubrimientos más sorprendentes que habían hecho en esta época. Maggie insistió en que cada una tuviera uno, y al principio a Emilie la desconcertó el posible uso que podrían darle. Pero ahora lo tenía siempre al alcance de la mano. El sonido del timbre terminó abruptamente.

—Hola, Emilie —dijo Maggie cuando contestó.

—¿Necesitas algo antes de que volvamos a la posada?

—Nada que se me ocurra. Maura y Declan están durmiendo la siesta, así que estoy disfrutando de un rato de tranquilidad antes de que se despierten. Tomaros vuestro tiempo. Pasadlo bien.

—Lo haremos. Nos vemos luego —colocó el teléfono de nuevo en su bolso—. No necesitan nada, y parece que a nosotros tampoco —sonrió Emilie.

—¿Qué hacemos? —preguntó Robert.

—Hemos ido de compras y hemos paseado por el pueblo, así que quizá deberíamos ir al pub de enfrente —Emilie se había acostumbrado a la vida en Glendaloch y disfrutaba especialmente del animado ambiente que se respiraba en el pub local.

—Me gusta la idea.

Ocuparon una mesa de banco corrido junto a la pared. Algunos músicos locales estaban preparándose. Robert y Emilie saludaron con la mano a sus nuevos amigos y vecinos que ya estaban sentados en la barra y en las mesas cercanas.

—¡Robert y Emilie! Me alegro de veros de nuevo —dijo Daniel Calhoun, el dueño del pub, al acercarse—. ¿Cómo estáis los dos hoy?

—Muy bien, gracias.

—¿Ale para ti, Robert?

—Sí.

—¿Emilie?

—Sidra, por favor.

—Enseguida.

—Me encanta este lugar —dijo Emilie.

—A mí también. Estoy muy contento de haber aprovechado la oportunidad.

La banda comenzó a tocar un tradicional reel escocés y Emilie se encontró moviendo su pie al ritmo de la música.

—¿Te apetece bailar? —preguntó Robert, tendiéndole una mano.

—Creo que sí —Emilie le cogió la mano. Se acercaron a los músicos y giraron alrededor de la pista. Se rio mientras Robert la hacía girar una y otra vez. Pronto se les unió otra pareja y, en poco tiempo, la pista se llenó de gente disfrutando de la música junto a ellos. Conocían a algunos y otros eran nuevos para ellos, pero todos sonreían, reían y se divertían.

Daniel llamó la atención de Robert y levantó sus bebidas antes de colocarlas en su mesa.

—Nuestras bebidas están listas.

Regresaron a su mesa sin aliento, pero sin dejar de moverse al ritmo de la música.

—Esto es algo que nunca habría disfrutado en las Tullerías —dijo Emilie—. No era un lugar feliz para mí. No me di cuenta en su momento. Pensaba que era feliz en la corte, o que al menos estaba conforme, pero el hecho de no poder tomar mis propias decisiones y de preguntarme constantemente de qué humor estaría la Reina Madre me hacía sentirme al límite e insatisfecha. Siempre supe que había algo más en la vida y, ahora que lo he encontrado, no puedo imaginar cómo pude pensar que la vida en la corte era buena para mí —dio un sorbo a su sidra.

Robert dio un trago a su ale. Sostuvo su taza con ambas manos mientras miraba a Emilie a través de la mesa.

—Mi corazón es feliz viéndonos así.

—El mío también —dijo Emilie, extendiendo la mano por encima de la mesa para coger la suya—. Nunca soñé que mi vida resultaría así. Tenía pocas esperanzas de que me sucediera algo bueno.

—Yo sentía lo mismo. Sabía que tenía que haber algo más en la vida que esperar los caprichos de un joven rey. No me malinterpretes, disfruté mi tiempo con él, pero no fue tan satisfactorio como mi vida aquí contigo.

—No quiero volver nunca. Hay mucho para aprender sobre esta época. Quizás algún día podamos viajar a través del océano y visitar tierras lejanas.

—¿Crees que podrías subirte en uno de esos, cómo se llaman? —preguntó Robert.

—Aviones.

—¿Crees que te gustaría llegar tan arriba en el cielo?

—Sí, me gustaría. Debe ser seguro. La gente lo hace todo el tiempo.

—No me lo habría imaginado, pero eres más aventurera que yo.

La posición de Robert como soldado y guardia en la corte de Luis XIII lo había hecho cauteloso. Su naturaleza era proteger a Emilie, y ella comprendía que cualquier cosa que él viera como una posible amenaza a su seguridad era algo que requería su consideración minuciosa antes de aceptarla.

—Solo soy valiente porque tú estás conmigo —dijo Emilie—. Cuando estamos juntos siento que todo es posible.

—Entonces lo haremos. Maggie nos ayudará cuando llegue el momento.

—Sí. Probablemente deberíamos aprender todo lo que podamos sobre la época en la que vivimos antes de irnos por nuestra cuenta.

—Aunque siempre volveremos a Glendaloch.

—No podría imaginarme viviendo en otro lugar. Este es nuestro hogar.

UNA DE NOTA DE JENNAE

Muchas gracias por leer Salvar el Amor. Si te ha gustado la historia de Robert y Emilie y tienes un minuto libre, te agradecería mucho que dejaras una breve reseña en la página o el sitio donde hayas comprado el libro. Tu ayuda en la difusión del libro es muy valiosa. Las reseñas de lectores como tú marcan una gran diferencia a la hora de ayudar a los nuevos lectores a encontrar historias similares a la de Salvar el Amor.

Si quieres saber cuándo sale mi próximo libro y quieres recibir actualizaciones ocasionales de mi parte, puedes suscribirte a mi boletín aquí: https://www.subscribepage.com/w4j6s3

Una nota del traductor

Aclaración: Para poder serle fiel al texto original, en la historia hago uso de un español más conservador y un español más neutral en los diálogos de los personajes. El texto original utiliza el inglés de Escocia y el inglés de Estados Unidos.

ACERCA DEL AUTOR

Jennae Vale es una autora de superventas de romance con un toque de magia. Como aficionada a la historia desde muy pequeña, Jennae a menudo se encontraba soñando despierta en la clase de historia y preguntándose cómo sería vivir en los lugares y períodos de tiempo sobre los cuales estaba aprendiendo. Escribir un romance sobre viajes en el tiempo le ha dado la oportunidad de tomar esos sueños y convertirlos en historias para compartir con los lectores de todo el mundo.

Originaria del área de Boston, Jennae ahora vive en el área de la bahía de San Francisco donde algunos de sus personajes también residen. Cuando no está escribiendo, le gusta pasar tiempo con su familia y sus mascotas, y soñar despierta, por supuesto.

www.jennaevaleauthor.com

OTRAS OBRAS DE JENNAE VALE

La Serie El Cardo y La Colmena

Un Puente a través del tiempo

Un cardo a través del tiempo

Separados por el tiempo

Una cuestión de tiempo

Un giro en el tiempo

Todo a su tiempo

Un tiempo olvidado

Despertado por el tiempo

Salvado por el tiempo

A tiempo por Edna

Navidad en El Cardo y La Colmena

Los Mackall de Dunnet Head

Su Highlander Favorito

Su Noble Highlander

Su Misterioso Highlander

La Serie Delight

Buscado

Observado

Herido

Navidad en Delight

La serie Cielo Verde

The Dagger (precuela)

Cielo Verde Nocturno

El Anzuelo de Oro

Algunas otras obras más por Jennae Vale

A Highlander In Vegas

9 798844 641008